「ちょこっと」を普通に生きて

青年丈二

美囲家 恭
Miiya Kyo

風詠社

はじめに

丈二は普通科高校に通学しているにも関わらず大工さんになる為には大学校にせよ専門学校にせよ建築の学校に進学するのが良いと判断したのであったが卒業する春頃に決めたのではなく前の年の秋口頃であった、理由は父親の日頃から、「丈二は次男だけん、どこに行ったっちゃ、よかぞ」の言葉がいつも頭の中から離れなかったのであったのだ、さらに「働けば何とかなる」が丈二の子供なりの信念であった。18歳で世の中の事は何もわからないまま昭和43年春に大都会に出たのである。

2年制の専門学校へ入学して鉛筆の濃さのHBをも知らずにいた事、朝食ナシで昼、夕方、夜食の3食の同じ食事を1か月半ほど食べ続けて栄養偏食で倒れた事、質屋さんの事、バイトでの日給、そして社会人になった途端に、丈二の大工さんになるという夢はすぐに消えたのだ。

大工さんやペンキ屋さん左官さん達の作業の監督である、丈二が知らなかった現場監督という職種であった、いわゆる現場監督の卵である。その後は競馬をも楽しむ事まで成長?して大人になったのであった。

「社会人ってこんなにも仕事のやり甲斐、そして張り合いがあって楽しい事はない」と感じた青年時代である。

先輩と共に都内の高級住宅地にある大きな自動車会社の副社長さんの家の浴室のリフォーム工事を担当した時にそこの家のテラスの屋根になんとムベの蔓を巻き付けて植えてあったのである、数個実をつけていたのだ、奥様はそのムベの事を楽しそうに話をされているのだ、丈二にすれば子供の頃にズダ袋にいっぱい採ってきて楽しんでいた事を思い浮かべていたのだ、ご主人と共にムベを植えて楽しんでおられるのだと感じたのだ。

「どんな偉い人でも楽しむ事は同じかな」と丈二なりに感じたのであった。「大人の階段登るーぅ」という歌が流行したが男の平均寿命が80歳と少しという中で生きている生涯を80段の登り階段と仮に決めたとすれば丈二は今20段から29段の中頃から上の方の階段を登っているのかと自問自答である。

高校3年生の時、倫理社会の先生の言葉が頭から離れないでいる、それは、

「君達は今現在、マージナルマンという世代で生きています、マージナルマンとは大人の輪の中に片足を入れてもう1つの片足は子供の輪の中に入れて立っています、その子供の輪の中に入れている足を上げて大人の輪の中に入れる時期は個人個人でいつなのか違います、おませな人は子供の輪の中に入れている足を大人の輪の中に入れ、両方の足を無理に大人の輪の中に入れたがります、本当はまだ半分子供なのに、と先生は思います」と、言われた言葉を思い出す。

楽しい毎日を過ごしながら大人になるのはいつなのか、丈二が知らないうちに大人になっていたのかもしれない青春時代である。

美囲家　恭

◉目次

装幀　2DAY
写真　美囲家　恭

［注］作品中に登場する会社名等は一部を除き、仮名を使用しております。

「ちょこっと」を普通に生きて　青年 丈二

〔1〕ちょこっと　入学金10万円

父ちゃんは秋から冬の終わりまで海苔の仕事、それ以外は漁業組合に勤務しながらの永い期間の勤務兼業であり、夏は畑でミカンやジャガイモなどと田んぼは家で食べるだけの稲を植えて、母ちゃんは父ちゃんとの仕事の合間に片手間という感じで化粧品の販売をして一家の家計を支えている。

丈二が小学生の高学年頃から集落の養殖海苔の生産が好景気になって元宮家も近所の家と同じように周りが変わっていた、兄《あん》ちゃんの部屋や丈二の勉強部屋もできたのはこの頃であった、部屋というより土カベのままで床板が貼られた屋根裏空間という感じであった。農耕牛を売却してその代わりに耕運機のテーラーが活躍し始めて、家の屋根が藁屋根から瓦屋根にいわゆる屋根替えというリフォームである、さらに自転車がホンダのカブ号とカワサキの400ccか450ccか覚えてないがメグロというバイクになり、車も来た、日産プリンスのニューマイラーというトラックである、また波止場には海苔作業用のトーハツの船外機付きの小舟が1隻あって竹の竿や櫓を予備に積んでいるだけで船外機が故障した時以外はそのままで漕がないでもいいようになったのだ、風呂のお湯は薪で焚く方法ではなく電気温水器が設置されて蛇口をひねるだけでお湯が出て楽になった、台所はプロパンガスのコンロが設置されたのだ、秋口から海苔の仕事が忙しくなると天草からと阿蘇から入れ替わりにお手伝いさんの若い女性が牛小屋を改造した部屋に住み込みでいた、海苔の好景気が生活を便利にしていったのだ、丈二は子供だから周りが段々便利になっていく生活が当たり前と思っていたので何にも思わなかった、しかし実際はそうではなかったのだ。

父ちゃんが銀行から大きな借金をして海苔を生産する為の乾燥小屋と重油を燃やして使う乾燥機を設備したまでは良かったが、その年と次の年の海水温が高過ぎて海苔が不作となってしまい貯金が底をついていたのであった。丈二が高校1年生の終りの頃かわからない、翌年に高校2年生になっても自分も兄《あん》ちゃんも急に生活が変わるような感じはなくて、父ちゃんも母ちゃんも自分達へ配慮したのか借金の実情自体を知らないので普通での生活のままであった。

「丈二は次男だけん、大人になったらどこでん行ったたちゃ良かぞ」と日頃から父ちゃんから聞いていたので、以前から建築を教える学校に行こうと決めていた、それは丈二が小学校5年生の時家の藁屋根を瓦屋根にリフォームしている時の親戚でねじり鉢巻きの大工の浦畑おっちゃんが屋根の上で踏ん張って下の人に「ああしろ」とか「こうしろ」とか大きな声で指示をしている時のかっこいい姿からおっちゃんのような大工になろうと思っていたのだ。

「農業で米を収穫して生計を立てるためには田んぼの広さが5町以上は必要で3町しか持っていない自分の家みたいな農家は米専業では食べていけない」と言う高校の同級生が居た、3町の10分の1の3反程の田んぼを持っている丈二の家では絶対的に無理との判断である、畑も狭くて生活費は当然無理、公務員や会社員の人は丈二の周りに居たかもしれないが交際が無く知らなかった、田舎の小さい漁村の集落の中、養殖海苔の景気がいいので海苔の仕事をしていけばなんとかなるという気持ちを海苔の乾燥機などの設備投資が数百万円とか1千万円を超すとかの話が生活の途中で集落の人達から聞いていたので子供心に怖いと感じていた、高校3年生といってもまだ子供である、視野は狭いと思う。

夏休みが終わり卒業したら大学へ行くかどうするか進路相談という時に担任の先生に東京の大学の事を調べてもらったら、全日本大学、南洋大学、センター大学、順星堂大学、大西文化大学、青海学院大学など自分がもしも受験しそうだなと思った大学は全部が全部入学金が50万円より安い大学校は無かったのだ、日頃家で母ちゃんが訪問してきたおばちゃんやおじさん達との会話の端々に借金という言葉が時々耳に入って丈二は、

「ああ、自分の家にはお金が無いんだ」となんとなく感じてはいた。

「大学は50万円以上の入学金が要る」と言えずにいたのだ、そもそも50万円という金額の価値が相当高いという感覚はあるものの他に比べようもなくわからないのである、まだ社会への経験のない高校生の子供であるから当然であった。

ある日丈二は思い切って、

「父ちゃん、高校を卒業したら建築の学校に行こごたるけん、良か？　そっと入学金はいくらまでなら良かとね？」と大学と言う言葉は出せずに聞いたのだった、父ちゃんは丈二の考えている気持ちとは違って、

「うーん、良かばってん、10万円くらいまでなら」の返事であった、この父ちゃんの言葉に丈二は大学は行かないで専門学校に行こうと決めたのであった、担任の先生に依頼して入学金10万円以下での建築の学校を探してもらったら東京の王子にある2年制の専門学校で建築を教えてくれる中央工学校があったのだ、父ちゃんに相談したら、

「東京かーァ」と言ったが了解をもらったのだ、試験を受けるように手続きをしたのであった、丈二の周りの同級生はほとんどが4年制の大学を受験する事を聞いて自分も中央工学校と同時に全日本大学の建築部の試験を受けるよう手続きしたのであった、普通高校から建築の大学に進学のため入学試験を受けるのは丈二の知っている同級生の中には見当たらず、就職するか教育学部の大学に行くかであったのだ、専門学校を受験する者は1人もいなかったのであった、この時50万円以上という大学の入学金の事は父ちゃんに言えずにいた、しかし丈二は、

「父ちゃん、建築の大学ば、いっちょだけ別に受けてみるけん」と伝えていた、丈二はなぜか大学の受験を1校だけは受けたかったのだ、周りの同級生達の事が焼き付いて見栄が

あったのかもしれない、結果全日本大学と中央工学校の2つに受験申請をしたのであった。

受験の為に上京したのであるが東京で生活しているおじさん夫婦の家に泊めさせてもらってそこから列車の乗り継ぎなどを聞いて全日本大学の建築部の入学試験会場に向かったのであった、全日本大学はお茶の水駅から歩いてすぐのところであったが同級生の東山君が付いて来てくれて、

「試験が終わるまで待っとくから」と、受験する教室のすぐ外で待っていてくれたのであった、東山君は精肉卸店の面接を昨日終えて卒業後の就職先が決まっていたが熊本へ帰る日まで余裕があったため東京の場所の東西南北がわからないとの事で、

「丈二と2人なら安心だけん」と言って試験当日は付き合ってくれたのであった、試験は午前が2科目で午後も2科目で計4科目であった、丈二は午前の2科目は理解出来たのだった、休憩時間に東山君と午後の2科目のうち最後の2科目目は、

「出られる時間が来たら出てくるから」と打ち合わせしていた、その時隣で話していた受験生の会話から、

「今受けている建築部の倍率は50倍以上との事」と言っていたのが耳に入ってきたのだ。

「午後の2科目共難しいのでは?」と思ったがそれより50万円以上の入学金の事が頭から離れないでいた、ましてや中学3年生で高校受験の時「38人数えろ」と言ってくれた皆山先生の言葉の逆なのである、間違って合格通知や合格ラインのチョイ下のすれすれで不合格で

も、
「寄付をしてくれれば合格です」という郵便が来たらどうしようとかの勝手な不安がよぎったのだ、丈二は考えた、午後の最初の科目は名前を書いて1問解いてその次からの問題は間違った答えに回答してその次からの残りの回答欄は白紙で提出したのだ、最後の4つ目の科目は最初の1問のみをわけのわからない解答をして3問目同様2問目以降は白紙にして残りの時間をつぶす為に寝たのである、イビキをかいていたのか試験の立会人にコンコンと肩を叩かれて起こされたのだ、顔を起したら試験用紙によだれの跡が付いていたのでハンカチで拭いたのであるが答案用紙には自分の名前はしっかり書いたものの当然2問目以降白紙で提出したのだった。

その後熊本に帰り3学期の学生生活をしているある日に郵便が届き予定どおりに不合格の通知であった、寄付金の記事も無くホッとして、

「父ちゃんやっぱ大学は難しかった」と言ったのが精いっぱいであった、父ちゃんは自分の子供の丈二の事である、当然全部わかっていたと思うが何にも言わない父ちゃんであった。

本命の中央工学校からは合格通知の郵便が届いたのであった、高校の卒業式が終わり1週間程過ぎた頃、白い封筒に入った入学金の10万円を預かって入学金を収める為、同時に入学する為、熊本を離れ上京をしたのだった。東京に行くのは一年半ほど前の修学旅行と前回の2つの学校の受験と今回で3回目であり特に大きな不安は感じなかった。

封筒の中身が1万円札が10枚入りという大金を手にして熊本駅から列車に乗るのは夜行寝台列車である、列車の中で大金を無くさないように緊張感があってゆっくり眠れず次の日の午前中に東京駅に着いたのだ、着いたそのまま東京駅から王子駅めざして学校に行ったのであった。

銀行振込という方法はあったと思うが当然知らない丈二であった、王子の駅から中央工学校はすぐわかったので足早になって行った、窓口の女の人に払う時カウンターの上で1万円札を10枚数えてそのままお金を渡したらホッとしたのだった、領収書を貰って持ち帰ろうと取った封筒の口を開け領収書を入れようとしたら1片の小さい黒い海苔の削りカスが付いていたのだ、学校の校門を出てすぐの下り坂での帰り道は王子の駅まで歩いて7～8分であるが封筒に付いていた海苔の削りカスが頭に焼き付きなぜか涙が止まらなかったのだ、左手で口を押さえて駅まで歩いていた。10万円の領収書を入れた中の紙が紺色で表が白の2重になっている封筒をいつまでも捨てられなかった丈二であった。

⑵ ちょこっと　自炊

上京してすぐ丈二の自炊の生活が始まった。昭和43年4月である。18歳の春先の先日まで熊本の家で母ちゃんの作った食事をしていたから急に東京に出てきてすぐ食堂やレストランで食事をして腹の足しにするということなど思いつかないし考えてもいなかった、当たり前と思うが全く知らないのだ。母ちゃんが準備してくれた食器はフライパンやお湯を沸かす1リットルの電熱器、蓋つきの丼茶碗、アルミの鍋、調味料は醤油と味噌と天ぷら油とマヨネーズ、塩、それに米である。それらを実家から持ってきたがおかずをどうするかである、おかずはアサリの干物（アサリを茹でてフルイにかけ身のみを天日干しにしたもの）、丸餅、海苔、梅干しである、冷蔵庫は無い、上京したその日に叔父さん夫婦が2・5合炊きの炊飯器と電気コンロをプレゼントしてくれたのだ。この炊飯器がなかなかの優れものである、炊飯の準備を済ませてスイッチを入れてから15分程だろうか、ご飯が炊き上がったら「ポン」と炊飯完了の合図の音がしてそのまま自動で保温状態にしてくれているのだ、5～6分して食えるのである。朝に炊飯して残ったご飯はそのまま昼にはまだほかほかのままで保温されているのである、もっとも一度に炊ける量が2・5合であるから18歳の丈二は2合ぐらい食ってしまうので保温にすることはあまりなかった。釜が2・5合炊きの為、行儀は悪いが釜をそのままお碗代わりにする時も度々である。

野菜とか肉、魚など買いに行けなかった、なぜなら知らないおばさん達がいてとても恥ずかしくて行けなかったのだ。近所に八百屋さん肉屋さん魚屋さんはあったが肉などは「これ下さい」と言って買える小分けしたパック売りが無い為100グラムとか200グラム下さいと言葉で言えず、18歳の自分にはものすごく敷居が高くそして勇気が必要でずっと行く事が出来なかった。自炊の最初はまずご飯を炊飯器で炊いてである、米を研ぎ3～4回すすいだ後、米と水の配合は水を少し多めと母ちゃんから教えてもらった。干したアサリの戻し方は朝から水を入れたフライパンに夕方まで入れっぱなしに浸しておいてその夕方になって水を切ってしょうゆと砂糖で味付けしておかずにするといい、と教わったのでそれで何日も味わった、味噌汁は沸騰したお湯に味噌を溶かすだけで自分流の味噌汁であったが時々卵を入れての味噌汁であるが卵を半熟にするかしないかであったがガスコンロではなく電気コンロだったので待ちきれないので半熟以前の生そのものの、とにかく味噌汁というも自分だけの味噌汁であった、海苔をあぶって醤油で味付けてご飯を挟んでおかずになった。教えてもらったわけではないが丸餅はテンプラ油で揚げ、それに醤油で味付けしておかずにしたのだ、弁当箱の中身はアサリの煮付け、卵焼きにご飯の上から醤油をちょっとかけて真中に梅干し1個で上から海苔でかぶせて、

「ハイ、海苔弁の出来上がり」である、この卵だけは何とか頑張って買い物する事ができたのだった。

入学してすぐは心細く、友達欲しさにおじさん夫婦に紹介してもらったアパートはトイレ、流し台は共同で、ガス台は100円玉を入れての使用時間制限だったので一度も使わなかった。その3畳間の自分のアパートから歩いて行く一番近い通学に利用する下赤塚駅の隣の東武練馬駅近くのアパートに大西文化大学に通学している丈二と同時に卒業した高校の同級生がたくさん居たのだった、ちょっとしたホームシック状態の時は同級生の顔を見に行っていたのだ。4年制の大学生の彼らと違って丈二は2年制の専門学校での毎日図面を描く作業の宿題があって彼らとの生活のリズムが合わなかったがちょっとの時間でも同級生の顔を見に行くと都会での1人暮らしの寂しさを忘れる事ができて安心したのだった。

ある日彼らと会ってまだ明るい午後4時過ぎの帰り道に大根畑があって黙って立ち止まった。

「ああ、山の畑では母ちゃんが大根畑にいたなー」と熊本の実家を思いながら、東京のここにも大根があるんだ、とじっと見ていたら、畑の先の方から手ぬぐいをかぶったおばさんが怖い顔をして、

「あんた何してる?」とまるでドロボウと勘違いされたような強い口調で自分の方へずかずかと近寄って来られたので、

「あー、おばさんっ?」と当然知らない人であったが、

「あのう、こん前熊本から来ました者です、母ちゃんと、あぁ、いえ、大根ば見て実家のおふくろん姿ば思い出して見とりました、あー、すんまっせん」と田舎弁丸出しをしどろもどろに言ってすぐに、

「失礼します」と頭下げて帰ろうとしたら今度はおばさんが、

「ちょっと待って、あんた孝行息子だね」と呼び止められたので、

「えっ?」と聞き返したら、

「今学生?」に、

「はい、専門学校に行っとります」と答えたら、

「ご飯はどうしているの?」と聞かれたので、

「自炊しきらんですが自炊しています」と意味のわけがわからないような返事で答えたら、

「じゃー、この大根持っていかんねー」と大きな大根を1本引き抜いてくっ付いたドロを軍手で拭いてくれたのだ。

「料理しきらんです」と答えたら、

「刻んで味噌汁に入れてもいいし、擦って醤油をかけてもいいし、葉っぱは油で炒めたらいいから」と言われ、おばさんのニコニコした顔に、

「はい、やってみます、ありがとうございました」と深々と頭を下げてもらったものの駅

までの数分間を歩いていると包みが無く持ったままである。そのまま電車に乗ったら恥ずかしいと思い、着ていたブレザーを脱いで包んだものの真っすぐにシャンとした葉っぱが出ていて気になったが脇に抱えたのだ。東武練馬駅から下赤塚駅までの一区間であるが5～6分待っていると電車が来たので乗ると乗客は少なくホッとした、上の網棚に誰かが忘れたか捨ててあったのか新聞紙があったので黙って取ってまばらな客の視線を気にしながら空席で包み直したのであった。葉の全部まで隠し切れなかったがすぐ駅に着いたものの改札を出るまではやはり周りの視線が気になっていた、実際は誰も見てはいなかったのではと思うがバツが悪いようでまだ18歳の丈二は大根を持っているというだけで恥ずかしかった。

東京に出てきて知らない人からのもらい物は、この大根をくれたおばさんである。アパートに帰ってから早速味噌汁に刻んだ大根を入れたが美味いとか不味いとかは二の次である、お湯を沸かして大根を細く切ったものと味噌を溶かしただけの味噌汁である、煮干しなどの味付けなど知る由もない、が食えたのだ、それだけでいい、初めて作った大根の味噌汁なのだ。

また葉っぱはおばさんの言いつけどおり刻んでフライパンで炒めてしょうゆで味付けしたらこれはうまかった、何杯もご飯が食べられた、味噌汁はいつも鍋一杯の量で多く余らせたが翌日の夕方までに冷えた味噌汁を少ない冷めた白ご飯にぶっかけてニャンコ飯であるがとにかくうまく、追加でまたご飯を炊いたのである、都会のおばさんからもらった1本の大根ではあったが2日間くらいの美味いおかずになり素直に感謝であった。

熊本から送ってもらったアサリの干物の身を母ちゃんから言われたとおり、朝から鍋の中の水に入れておくと夕方に戻っているので味噌汁に入れてアサリの味噌汁やフライパンで砂糖や醤油で炒めたりなどでおかずのレパートリーは少しずつ増えていったものの、所詮18歳過ぎの独身の男の料理である、うまいわけがない、しかし腹を満たすことが第一で味は二の次の丈二なのであった。

日曜日のある日同級生を通して知り合いになった飛騨の高山出身のヨースケと沖縄出身のマッちゃんの2人が昼前、前後して丈二のアパートに遊びに来たのだ。

「飯を作って食おう」となって丈二にはアサリの干物、米、海苔、餅がある、マッちゃんは沖縄から送ってもらった豚肉入りの大きな缶詰を持ってきたのだ、結果ヨースケが、

「俺が作るからカレーにしよう」と言いだしたのだ。

カレーと具を買ってくると言ってマッちゃんと買いに行ったのである、丈二に、

「鍋に半分くらいお湯を沸かしてアサリを入れていてくれ」とヨースケに言われたとおりにお湯を沸かしてその中にアサリを入れて沸かしていたのである、帰ってきたらコロッケを10個と缶入りのカレー粉を買ってきたのである。丈二は、

「カレーはジャガイモと肉とか何かの具を入れてカレーじゃないのか?」と質問をしたの

だ、ヨースケは得意顔で、

「へへッ！」と笑いながら鍋の前に立つと買ってきたコロッケをそのままお湯の鍋の中へドボドボと10個とも入れたのだ。

「えーッ」と言うと、

「コロッケはジャガイモだからいいんだ」と言う、

「あーぁ、なるほど」と感心させられたのだ。

コロッケとアサリ入りカレーはヨースケの簡単料理というか頭の回転にはびっくりしたのだ、このカレーは実にうまかった。豚肉の缶詰はそのまま食えたので白ご飯は2・5合炊きの小さい炊飯器で3回炊いたのだった、丸餅は焼いて海苔巻き餅にしてこれも実にうまかった。

後で気が付いたのが、アサリの干物は実家から送られてきた2升分くらい入っていたような気がする、その干物になったアサリの身の1個は大人の小指の爪程の小ささである、よくぞこれだけのたくさん干したアサリの量を自分に送ってくれたものだと両親の作業を想像すると捕って来て、砂出しをしてその後、茹で上げてすぐにフルイをかけて分離し身のみを3～4日筵に拡げて天日干しで完成であるが、子供の時の丈二はたまに猫が食いに来るのでその度にゴムのパチンコで撃退したものであった。その送られてきた量の多さを逆計算して考えるとどれだけの時間と労力であったろうかと丈二自身も子供の時にその仕事を手伝っていただけに理解できるのだ、感謝しても感謝しきれない気分である。

「父ちゃん、母ちゃん、あがと！」そうつぶやいた、それと大根をくれた東武練馬駅の近くの知らないおばさんにも、

「ありがと」であり、

「また畑にお礼を言いに行きます」であった。

〔3〕ちょこっと　HBの鉛筆

ケント紙といっても「何っ？」と言って普通の人はわからないと思う、わかりやすく言うと画用紙みたいな紙で表面が画用紙より少しすべすべ感がある、部品の図面や家の設計図を描く時に使う紙である、丈二にはそこまでしかわからないが丈二の使っているケント紙の大きさはＡ３判である。

このケント紙にＴ定規や三角定規を当ててタテ、ヨコ、斜めの直線を引くのだが鉛筆で直線を引くと薄い直線に仕上がる、今持っている鉛筆の芯を削って研いで細くして描いていたのだったが、その鉛筆の濃さのＨＢなど種類別があるということを考えた事も無かった、というより知らなかったのだ。鉛筆にＨＢと刻んである文字そのものに関心が無く全く知らなかったのだ。

普通高校を卒業して建築の専門学校に入学した丈二である、教室に入ってから圧倒されたのが１クラスの生徒数１３０人である、５つクラスがあってそのうちの１クラスに丈二は居るのであるが、丈二はこれまで学んできた小学校、中学校、高校といずれも１クラスの生徒数が50数人であったのに慣れていた為この１３０人という雰囲気に圧倒されたのであった、さらにクラスの級長みたいな委員長はいないのである。

4月から始まった授業で製図の基礎練習の直線引きの作業というより描いている途中に気が付いたのが製図の授業の3回目の時である、隣の同級生のケント紙の鉛筆の線が奇麗で鮮やかに見えるのだ、どこが違うのか何故綺麗な直線を引くことができるんだろうか?と、なぜ? どうして?の毎日が始まった。

さらに描くというより線を引くという授業にどうしてきれいな線とそうでない線になるのか疑問のまま製図の授業が終わるのだ、しかし考えているうちにすぐ次の宿題に時間がかかり、さらにその疑問があるまま翌週は次の課題で碁盤の目の3ミリ升目や5ミリ升目の線引きの練習である、不安のまま考える時間が無いのである。まだ友達関係になっていなかったため、4月に入学してずっと線をくっきりときれいに仕上げる周囲の同級生を隣で見ているだけの丈二だったのだ。

ちょっと知り合いになった4人の同級生に出身校を聞いたら普通高校の出身は自分だけであった、周りに座っている生徒は全員工業高校出身なのか都道府県の出身は聞かずに工業高校かそうでないかだけを聞いていた、なぜなら自分の周りに座っている全員が同じケント紙での線引なのに自分より鮮やかなそして綺麗な線に見えるのだ。普通高校卒業の丈二はこの学校へ来るべきではなかったのか不安になった、そのまま土曜日に提出する毎週の課題をアパートの自分の机で描くのがいっぱいいっぱいで余裕がない毎日が流れていったのだ。

自分と同じように直線を引いている隣の同級生が自分の先生である、じっと見ていると、隣の同級生は、

「何?」と丈二の顔を見るので、

「いや上手だな、と見ているんだ」と返事するとそこで会話で止まっていた。毎日毎日同じ疑問が自分にあって歯がゆいのだ、自分の描いた、いや線を引いたケント紙が汚いというより線が目立たなく浮き上がってこないのである、丈二にはどうしてきれいな線が引けないんだ、聞くに聞けないというより頭っから同じ鉛筆と思っているので工業高校出身だから普通高校出身の自分とは高校3年間の経験差のウデが違うんだと思っていたのだ。製図の時間は学科に比べて少ない授業であったので1週間のうちのちょっとのその製図の授業の時間だけが不安になる時間であった、しかし丈二にとっては精神的な大きな不安でもあった。

丈二の思い込みは自分が持っているHBの鉛筆の濃さという種類別自体が眼中に無いのであって知らないのだ、馬鹿と言われても何の返事も出来なかっただろう、いつまでもこんな簡単な違いに気が付かないまま時が過ぎていったのであった。

在学した普通高校ではこんな鉛筆の濃さなど教えてもらった覚えがない、高校で美術部の生徒は知っていたかもしれないが書道を選択していた丈二は教えてもらっても忘れていたのかもしれないが自分自身に覚えが無いのだった。

ケント紙に描いた自分の図面というより碁盤の目状に描き上げる課題が毎週あってその週

の土曜日に担任の先生から検閲を受けると大きな正方形の「秀」「優」「良」「可」「不可」の5段階の四角い朱色の印鑑が優劣別に押されるのである、丈二はいつも「可」の朱印であった、周りの同級生は全員「秀」か「優」を押されて「良」の朱印は丈二の周りには1人も見なかったので逆に丈二は不安であった、毎回毎回自分だけ「可」が押されるのだ、丈二はズルはしていない、努力しているのだ、何故?うまくなれない?　それは普通高校出身の丈二にとっては工業高校出身の同級生とは3年間のハンデだからとまたまた自分勝手に決め付けて土曜日の提出日での査定はいつもあきらめていたのだ。

課題は初歩の線引から始まりヨコ線やタテ線の引き方から碁盤の目状や斜線さらに数字になり課題もその週ごと、さらに月ごとに段々と難しくなってくるのであった、やがて住宅の平面図、立面図の模写である。ある日同級生で2つ年上のマッちゃんが教えてくれたのだ、このマッちゃんは入学してから丈二が一番最初に友達になった沖縄の工業高校出身で丈二より2歳年上の同級生である。常識的に知っている人からすれば「えーっ」となる、しかし丈二からすればまさにこのマッちゃんが恩人であった、この半年近くずっと丈二は「可」の評価だったのだ。

専門学校は夏休みが短いのだ、その夏休みが終わった2学期が始まってすぐの頃、マッちゃんは丈二の引いたケント紙の図面にいつもその「可」の朱印が押されていたのを見ていたのか、

「おい元宮、このホルダー替芯使ったら」と小豆色のペンシルホルダーを貸してくれたのである、目の前にそのペンシルホルダーを差し出したのである、この時、自分より2歳年上という事がわかっていたから自分の名前を呼捨てされてもなんとも思わない丈二であったが何気なくそのペンシルホルダーを受け取り横1本4～5センチ引いたのだ、途端に、

「ええーっ」と驚いた丈二である、すぐ、

「マッちゃん、この鉛筆何っ？」に、

「Bさー」と沖縄弁？である、すぐ、

「B？　Bって何？」と聞く丈二である。

「ああ、それ鉛筆の芯の濃さの単位さー」の何でもないような返事である、すかさず丈二は、

「マッちゃん、この鉛筆どこに売っとる？」と聞いたら、

「売っとるって熊本弁か？」と丈二が熊本出身と知っていたからそんな事を云いながら続けて、

「校門の前の文房具店で売ってるさー、それと鉛筆ではなくペンシルホルダーというんだ、線を引くときペンシルホルダーを回転させながら引くともっとくっきりした線が出るさー」と普通の涼しい感じの言葉である、この時初めて鉛筆ではなく製図用のペンシルホルダーの事を知ったのであった、ホルダー芯の濃さの単位に2H、H、HB、F、B、2B、3B等

がある事を知ったのであった、授業が終わってすぐにそのペンシルホルダーを買いに校門の前の文房具店に走ったのだ、丈二は、

「あった、あった」である、ペンシルホルダー1本と6本入りの替え芯のFとBと2Bを1つずつ買って自分の部屋に帰ってすぐ芯を削ってケント紙に線を引いたのである、その時の感動は、

「クソーッ」というよりなぜか笑いが止まらなかったのだ、こういうことかと思った、今日の今まで普通高校卒業の丈二は工業高校出身者達とのハンディだったと思っていたが違っていたのだ、丈二がちょっと勘違いというより無知だったのである、すぐに、

「ああこれで皆と同じ線が引けるんだ」と逆に思った、入学した春からの製図の授業の最初頃から始まってからずっと悩んでいたのだ。

「何で、どうして?」の毎日がやっと工業高校のハンディではなくその芯の濃さというペンシルホルダーが理由だった事で理解出来たのであった、今9月なのだ。

「長かったーァ」である、人から見れば馬鹿みたいな話であるかもしれない、しかし丈二にとっては理由はどうあれ、何であれ、もう嬉しくてしょうがなかったのだった、改めて自分の周りで描いている同級生のペンシルホルダーを見たら全員そのペンシルホルダーを使っているのである、丈二は製図の時間はそのペンシルホルダーまで見る余裕が無かったのである、丈二は「バカだなー」と思った瞬間であった。

その週の課題には当然力が入ったのだ、結果、丈二の図面はいつも「可」だった査定が「良」と「優」を飛び越えていきなり「秀」である、初めて「秀」の印鑑をもらったのであった、これには周りの同級生が驚いていた、担任の先生も、

「元宮君、急にうまくなったね」と驚いていた。

「はい、がんばりました」と元気よく返事したのだった、心の中では、

「やったーァ、工業高校出身の同級生に追い付いた」と嬉しかった、その自分の線引きで模写した課題の図面のケント紙に「秀」という印鑑が押された時の感動はなんとも言えなかったのだった。これまで鉛筆のＨＢだったのが製図用ペンシルホルダーの替え芯Ｂに変わっただけでこの図面を綺麗に描く事が出来たのだ、これを境にして心が広くなったのか丈二自身が成長したのかわからないがマッちゃんをはじめ他の同級生の東京出身、北海道、福島、岐阜、京都、香川、徳島とたくさんの地方出身者の友達が出来たのであった。

単純に鉛筆がペンシルホルダーで替え芯になってその濃さを知っただけである、この教えてくれたマッちゃんが丈二の恩人である、お礼を言ったのだ、しかし何の反応も無かったのである、丈二とすれば土曜日の図面提出の評価が以前とは違って待ち遠しい気持ちになっていた。

「また秀を押してもらうぞ」という嬉しい気持ちがずっと続いている。

「マッちゃん、ありがとう」と言ってもマッちゃんからすれば、同級生は誰でも知ってい

るペンシルホルダーを貸しただけで教えたという感覚はなく、また特別に教えたという感覚も無かったのであった、そんな性格がまっすぐなマッちゃんとわかって学校の近くの同じ部屋で下宿するような仲のいい同居人になったのである。

「熊本の父ちゃん、東京で半年経過したばってん、俺には良き友達が出来たーッ」それにしても、

「マッちゃん、あがとーッ」であった。

⑷ ちょこっと　質屋

東武東上線の下赤塚駅徒歩6分ほどの木造2階建アパート2階に丈二の部屋がある。その隣の部屋におじさんが1人で暮らしていた、まだ入居して1か月経たない頃の日曜日に朝から、

「手伝ってくれんか」とお願いされたのだ。

アパートに入居した時に挨拶をしていたのでその後は顔を合わせた時に会釈みたいな挨拶はしていたのだ、そのおじさんに言われるがまま表に出たらリヤカーがあった、

「2階の部屋から1階までテレビを降ろすのを手伝ってくれ」の依頼なのである、力仕事は別になんともなかったからすぐ手伝ったのだ。おじさんは2階の部屋から1階までの階段を使うため1人では無理だと思ったのである、2人でなんなく階段から降ろしてリヤカーに積んで300メートルくらい先に「質」と書かれた所で止まっておじさんはのれんをくぐり中に入っていったのであった、何やら話し合っていたがすぐに出てきて、

「そのテレビを降ろすよ」という指示にリヤカーからおじさんと一緒に降ろしたのだった、その後リヤカーを大家さんの所に返しに行った後に近所の食堂へ案内されてラーメンを奢っ

てもらったのだ。おじさんはそのテレビを質に入れたのであった、お金が不足した時に質に入れて利息付きでお金を都合するということを教えてもらったのだ、月末にはテレビを取りに行く予定との事で、

「その時はまた手伝ってくれる?」の依頼であった、丈二は、

「いいですよ」と返事したのだ、年齢がずっと離れている感じがした。丈二は故郷の父ちゃんよりは若い感じであると思った、しかしお互い話題が見つからないので少し沈黙の時間が流れた、するとおじさんはラーメンを食べながら丈二の腕時計を見て、

「その腕時計は8000円の値打があるのでは?」と言う。

「へぇ、そうなんですか? 腕時計でもいいんですか?」と聞き返すと、

「腕時計でも、カメラでも、ブレザーの上着でも、コートでも、ラジオでも、何でもいいよ」と言うおじさんに、

「今度金に困ったら行きます」と言ってそのラーメンを完食したのだった、18歳の丈二はその1杯では足りずもう1杯食いたかったがリアカーでテレビをすぐ近くまで運んだ位では図々しいと思って言えなかった。

質屋さんに品物を持っていけばお金を貸してくれる事をその時学んだというか知ったのだ、それと同時に毎日自炊している丈二は、

「食堂で飯を食って夕食にする事が出来るんだ」という外食の事も理解できたのだ、金が

あれば自炊しなくとも食堂で食べればいいのだと普通に考えれば簡単な事であった、しかし奢ってもらったラーメンが1杯60円と書いてあったので高いと思っていたのである。

　高校時代に学校の帰りに同級生の仲間と駅前のうどん屋さんで30円の「具うどん」や20円の「素うどん」を食っていたがちょっとの腹減りの感じに「ちょい食い」位の思いだったのでまさか食堂で食って昼飯、それと夕飯にするということなど考えてもいなかったのだ。「食事は作って食う」という丈二にはそんな固定概念があり外食で育った実感が無かったのでわかるわけがないのである、だから東京へ出てきてあちこちの駅の立ち食いそばを食べている人を見ても昼飯や夕飯に結び付けるという考えは全く浮かばずであった、あくまで「ちょい食い」か「腹押えなんだ」くらいに考えて別の食事と思っていたのである。

　春に専門学校へ入学して都会の生活に慣れてきた7月には友人からアルバイトの紹介があって御徒町駅前のデパートの屋上のビアガーデンのボーイを紹介されて時給150円でバイトしたのだ、夕方17時半から22時までの4時間半で学校が終わって王子駅から御徒町まで京浜東北線で乗り換えなしで20分程の時間だったのでバイトをする気になったのかもしれない、40分とか1時間とか乗ってバイトに行くという気にはなれなかったのだ。電車に長い時間乗るという事は無駄な時間に思え、さらに昼間でもたくさんの乗客が乗っている都会の電車に慣れていない丈二であったのだ。土曜日までの提出期限の製図を描かないと学校へ行けないという理由でバイトは1日おきにシフトを組んでもらったのである、よくぞ1日おきでバイトに雇ってくれたと思う。夕方17時半少し前に出勤すると19時前にバイトしている全員におにぎりが3個ずつとおかずが何かあって配られたのである、おかずはイワシの干物、揚げたイカの足、手羽先など必ず一品があった、各々1人一品である、食えるだけでもいいと思っていたが行った日は10人近いバイトしている人の中に1人や2人必ず誰かが休んでいるのであった、常におにぎりが30個あったが休みがあるとその休んだ人の分のおにぎりが余るので調理場に戻すのであるが調理場の人は、

「誰か食わんか」と大きな声で叫んでいたのだ、丈二はその声を聞いていたので売り場の主任に、

「余った時は自分が欲しい」とお願いし了解を貰って計6個のおにぎりを食っていたのだ、丈二は大食いではなかったのでさすがに6個は腹一杯になったがお金をもらっておにぎりを満腹まで食わせてもらって感謝であった、若いから食って、と誰も言わないが、

「もう満足です」という感じであった、準備してもらったグレーのワイシャツと蝶ネクタイをして店の前の歩道で客の呼び込みや5階に屋上ビアガーデンがある為、5階までの上ったり降りたりの案内のエレベーターボーイ、配膳係、生ビールのお運び接客係、洗いもの係だったりの忙しい仕事であったが面白かった。7月から9月の初めまでバイトしているからと熊本の実家に「今月は1万5000円働いたから来月は仕送りは要らないから」と母ちゃんに手紙を出して知らせていた、お金は使う分だけあればいいという考えであったのでぜい

たくとか全く考えなかったのだ。部屋に帰って2合半炊きの炊飯器の中にご飯はあってもおかずは実家からの海苔がたくさんあったので焼いて掌でクシャクシャ破って皿の上にのせて醤油をかけて中身が海苔のおかか状態で外がおにぎりの海苔巻きである、おにぎりの中も外も海苔と海苔である、毎日ではなかったが食えればいいと思っていた。そんな状態だったからビアガーデンでのバイトは嬉しかったのだ、しかし夏が終わる9月半ばからビアガーデンは夏の間のみ営業の為、閉店してバイトが無いのである。実家から仕送りを送ってもらうまでの10日間くらい金が無い時があったのだったが「仕事して稼ぐから」と言って上京してきている丈二は父ちゃんや母ちゃんの借金という文字が頭に浮かんでいたので、

「お金送って」という催促に積極的になれないでいた。

アパートのおじさんの事を思い出して上着のブレザーをその質屋さんに持って行ったのだ、そしたら3０００円貸してくれたのだ、月末に利息の３００円を加えて３３００円持って行ってブレザーを取り返すのであるが丈二は、

「便利な制度だなー」と思っていた、そのうち腕時計を持って行ったら5０００円貸してくれたのだ、しかし月末に5５００円持っていかないと、さらに今月と翌月との2か月に跨ると5００円が2回分で1０００円加えた6０００円を持って行かないと時計は質屋さんのものとなって戻って来ないのである、その時計は「質流れ品」となるのである、たくさん借りられてもその分利息が加わるので逆に不安があった、都会生活が2年目に入ると質屋さん

に何回も行く機会があってそのうち必ず月末に引き取りに行くので顔を覚えてもらったのだ、ある日質屋さんに行ったら店の主人から、

「元宮さん、ハンカチでも５０００円貸すよ」と言われた。

「何で?」と聞いたら、

「元宮さんは必ず月末に返しに来て品物を流す人でないとわかったから安心して貸せる」との事、

「いやお金がたくさんあると贅沢に使うし返すのが心配だからいいです」と断ったのである、その帰り道に以前質屋さんにリアカーで手伝ったおじさんに会ったのだ、おじさんは、

「先日はありがとうね」と言いながら下げていた袋から出して、

「鰹節だよ」と言って1本くれたのだ、さらに、

「包丁で削るかカンナで削って食べるといいよ」というので、

「有難うございます」とお礼を言って帰ったもののカンナが無いので出刃包丁で削って醤油と混ぜての削り節である、しかし腕力には自信がある丈二でも包丁で削るのには時間がかかったのでお湯をグラグラ煮えたぎらせてその中に鰹節を入れて柔らかくして削っても表面だけが柔らかくなるだけで鰹節の芯までは柔らかくならないのであった、しかしご飯の上にパラパラとかけると美味かったのであった、薄く大きくは削れないが根気よく時間をかけて削っていた、部屋の廊下でおじさんに会って、

「包丁で削って食べています」と報告したのだ。

普通に生活する丈二にとっては質屋さんのおかげで安心して生活ができるのであった、丈二にとっては質屋さんは頼みの綱であった。

「質屋さんの御主人、ありがとね！」そしてアパートのおじさんからの鰹節の1本は、

「ちょっとどころかおかずに助かったーァ」

感謝であった。

〔5〕ちょこっと　栄養偏食

東京生活も1年以上になると友達もできて自炊する生活に余裕が生まれて時々は食堂で食べる機会もできてきた。お金の無い丈二にはカツ丼が1杯１５０円で高くていつまでも注文出来ず1杯60円のラーメンであった、パチンコはあまり好きではなかったのでパチンコ店に１人で入るという事は無かったのだ、パチンコをしているとすぐ退屈に感じて欠伸をするような性格になっていたのだが同級生のマッちゃんはパチンコ好きで3回に1度誘われては丈二も一緒になって小さい金額で付き合っていた、そのマッちゃんがたまたまたくさん出て景品をお金に換算して３０００円くらいになり帰り道にこの1杯１５０円のカツ丼を奢ってくれたのだ。いつもそのカツ丼の味になんてうまいんだろうか、東京にはこんなにうまいものがあるんだと感心していたのであったが丈二にとっては1杯１５０円のカツ丼は高額で注文出来ずにいた、だから丈二にとってはカツ丼は高級料理になっていたのだった。

海岸線の集落の半農半漁での熊本の故郷の山や海からの恵みで育った丈二は上京から1年過ぎて19歳になった今、世の中のいろいろな食材というより料理がほとんど未経験で味わっていないため初めて口にする物は何でもうまいと感じたのかもしれなかった。

土曜日のある日、昼までに学校が終わって帰り道に王子駅まですぐのところの道路を歩いていた時である。突然目の前が真っ暗になって前のめりになり両手で地面を突っ張ってその場に倒れ込んだのである、四つん這いの状態である、目をパチパチしても真っ暗で何も見えないのだ、以前高校生の時ボクシングのグローブを付けてふざけていたが1歳年上の先輩からのパンチをアゴに受けてダウンした時の感覚を思い浮かべたのであった、痛くも痒くもないのである、その時と同じ感覚にどうしてそうなったのかわからないままじっと動かないでいた、そのまま地面に四つん這いでいると通行人が、

「大丈夫ですか？　救急車呼びましょうか？」に自分では気力が無く、

「はい、お願い……」とまで記憶があるも通行人から介抱してもらいすぐに救急車を呼んでくれたまでは覚えているが後は気を失ってしまった。

気が付いたら赤羽の病院のベッドの中だった、まだ朦朧としていた、看護婦さんの「ゆっくり休んでください」の言葉にまた眠ってしまったのだ、どれくらい寝ていたのだろうか、起きてから看護婦さんに、

「ここどこですか？　今何時ですか？　何で自分はここにいるんですか？」矢継ぎ早に質問したのだ、看護婦さんは、

「赤羽の病院です、朝の7時ですよ」にさらに、

「昨日の昼過ぎに救急車で運ばれて来られたんですよ」とこれまでの経過を話してくれた

のだ、そして、

「担当の先生が来ますからゆっくりしていて下さいね」の言葉にすぐのどの渇きをおぼえて、

「水が欲しいのですが」

「少し待って下さいね」と部屋を出て行きすぐ持って来てくれたのである、病院と知って少し安心したのか、渡されたコップの水を一気に飲み干したのであった、すると、

「もう一杯持って来ましょうか？」に素直に、

「はい、お願いします」とコップを返すとすぐに持ってきてくれたので再度一気に飲み干したのである。

「もういいですか？」に、

「はい、もういいです、ありがとうございます」と返事してなんとなく普段の自分に還ったような気持ちになると壁や天井を見渡しながらも窓の外から救急車のサイレンの音も聞こえてきたのであった、トイレから戻り時計を見て、

「朝の7時か―、昨日の昼過ぎだったから19時間も寝ていたのかと同時によく寝たな―」と感心していると先生が来たのであった、すぐに問診が始まったのだ、氏名、生年月日、年齢、専門学校の2年生、住所、これまでの病気、頭痛、薬の服用、体の異常、生活など一通りの質問があって問診が始まったのである。

「昨日は何を食べましたか？」の問いかけに、

「はい、昨日の朝は無しです、昼前そのまま倒れましたので覚えていません」

「ああ、その前の日です」

「朝は無しです、昼は学校の近くの食堂で食べました、てんぷら定食で夕方は同じ食堂でサバの煮魚定食で夜食は丼に袋入りのインスタントラーメンに生たまごを入れて部屋にガスは無いので電熱器で沸かした熱湯を注いで5分くらいして麺の芯はまだ硬いままですが食べました」と答えたのである。

先生は「その前の日は何を食べましたか？」

「はい、同じです」

「いえ、同じではなく朝と昼と夕方とそれと夜食は？」

「先生、あのう、いつも同じ食堂で昼はてんぷら定食で、夕方はサバの煮魚定食、夜も同じ袋入りのインスタントラーメンに生卵を入れてです」

「そうですか、ではその前の日は覚えていますか？」

「はい、ですから同じ食堂で同じてんぷら定食で夕方はサバの煮魚定食です」

「ええっ！　同じ定食をその前も？」

「はい、同じ定食です」

「その同じ定食はどのくらい前からですか？」

「はい、1か月から1か月半くらいです、何か満腹感はあるんですが気力と言うか元気が出ないんです」

と言ったら、先生の横に立っていた看護婦さんがちょっと笑ったような気がした、すると先生から、

「原因がわかりました、元宮さん、今日の夕食はその近所の食堂でいいんですが、てんぷらとサバ煮の定食ではなく他の定食を食べてください、人間は雑食で色々なビタミンの入っている食材を食べないと栄養のバランスが悪くなって生きていけない動物です」と説明を聞いていると一緒にいた看護婦さんが持って来てくれた紙を取って、

「これはご飯やパンのおかずの栄養のバランス考えた食材の一覧です」とA4判ほどの紙に大きな円で6等分されていて絵で描かれた食品である、それらの食品のビタミンを6つに色分けした説明書というかパンフレットを差し出されて、

「今の元宮さんの体は栄養偏食の状態です、同じ食品を食べ続けた結果で体への栄養が偏っています、この表の上からでも下からでもどこからでもいいです、右回りでも左回りでもいいので必ず順番に食べていってください、飛び越したらダメです、必ず順番に食べてください、同じ栄養の食品をまとめて分けて作った一覧表です、好き嫌いはダメですよ」と渡された一覧表を見てうなずいたのだった。

「それと今日は病院で朝食を出しますから食べてから退院してくださいね」と言われたの

だ。丈二は自分の体の状態がわかったので素直に、

「ありがとうございました」と返事すると先生は病室を出て行ったのであった、看護婦さんがしばらくしてから朝食の膳を持って来てくれたのであった、朝食はサケの切り身とみそ汁ときんぴらと納豆に牛乳でご飯は何となく大盛であった。

丈二の今回の道路でのノックアウトは同じ食物ばかり食べ続けていた事が偏食という結果になったのである、それがわかっただけでも少し大人になった気がした。

その日を境にずっと行けずに恥ずかしかった買物先の八百屋さんや肉屋さんに買いに行けるようになったのだった、しかし魚屋さんだけは行けなかったのである、理由は調理ができないと諦めていたからであった。その他の食材は納豆とか人参、玉ネギ、ピーマン、牛乳、何でも食べたり飲んだりで好き嫌いがなくなり、美味いとか、まずいではなく栄養を先に考えるようになったのである、丈二が小学校の頃兄《あん》ちゃんが人参を嫌いと言って父ちゃんに叱られた事が頭に浮かんだのであった、病院で生まれて初めて納豆を食べた時は何か変な感じであったが病院で出された食品だからという理由ですぐに納豆は買う事にしたのであった。

人間って雑食なんだと言った病院の先生の言葉に、ずっと以前に父ちゃんが言っていた。

「何でん食わなでけん」の言葉を思い出していたがその意味が自分の体で実体験したような感じであった。

〔6〕ちょこっと　バイトと再追試験

丈二は2年生になり日曜日から金曜日までの毎日は深夜12時頃まで土曜日の図面提出の課題に頑張っていた、図面はきれいに描く事が出来て野崎先生からの査定は「秀」が多くて「優」が時々であった、不思議と「良」が無いのであった、その3センチか4センチ角程の朱色の角印の査定がケント紙に押される度に「秀なのか」それとも「優なのか」の自分なりのワクワク感があってその喜びが普通になったのか、腕が上がったのか、図面の描き方が少し理解できて要領がわかったのか、マッちゃんから教えてもらった「2B」と「F」のそれぞれの替え芯での濃さのペンシルホルダーを数本持って使い分ける事も出来るようになって気分的にちょっと余裕でいた。昨年春に入学して約半年後の秋の初めまでずっと「可」ばかりの査定で悩んでいたのが嘘のように感じる、いつもマッちゃんに感謝である。

そんな学生生活に慣れてきたのか友達も増え、特に仲が良くなってきたマッちゃんを筆頭に四国のナベちゃん、福島の1つ年上のヒロユキさん、住所不定の学生ではなく岐阜のヨースケにゴーちゃん達である、このヨースケが度々バイトを持ってきてくれた、彼は浅草の山谷に寝泊まりしていて普通車の運転免許を持っており運転出来るので当然バイトの日当が少

し高いのである、この時、運転免許証を持っていても運転が出来ない人（ペーパードライバー）は持っていない人と同じ日当である、「当たり前である」と丈二は思う。仕事の内容は東京を中心にあちこちで学生連合という過激派の人達が歩道のコンクリート製の床タイルを剥いで割って投げるのでそのタイルを剥ぎ取り再度整地してアスファルト舗装にやり替える工事である。その工事の運転手の助手のバイトで日当が２７００円なのである、この助手のバイトは楽な仕事であった、剥いだコンクリート製のタイルを現場の神田から処分場の東京湾の埋立地の夢の島までの往復を助手席に座っているだけである、ダンプ車もダンプ車でない時も積み込む時は人力で大人数である、ダンプ車でない時は荷台から剝したコンクリート床タイルの残材を降ろすというより落とす感じでヨースケと2人であまり汗をかかないで済むのであるが仕事の段取りで車がダンプ車に替わった時はこの残材を降ろす時、ダンプの荷台をガーッと上げて「ハイ、終わり」で助手が要らないのだ。だからその日はヨースケの仕事はあっても丈二のバイトは時々無いのである、最もこの楽な仕事は月に4日もあればいい方であった、丈二にとってはお金が欲しかったのでバイトを優先して授業が二の次の時もあるのだ、本業は学生だから授業第一ではあるが授業を受ける日と受けないでもいいかなと自分で判断していた。

政治の事が全くわからない丈二にとっては同世代か2～3年歳上の学生の過激派と呼ばれる学生連合の人達が歩道のコンクリート製タイルを割って投げるという気持がわからないの

である。共闘とか革新派とかの文字をペンキで書いたヘルメットを被ってデモや暴力を振るう事に理解できずにいた、今の丈二にとっては学生連合の事よりも通学している学費やアパートの家賃、それに生活費を時々不定期に実家からの仕送りに対しての不足分を稼ぐのに一生懸命なのであった。それでも好奇心で一度は生のデモを見たかったのであった。

日曜日に1人で新宿駅前の広場に行くと「雑談」という大きな文字を書いた看板を車の側面の上に掲示してその周囲で知らない者同士が自分の意見を言い合っているのであった、中には口ゲンカ調の言い合いも居た、ネクタイをしたサラリーマン風の人の声が聞こえる範囲でしばらく聞いていたが丈二はこの人達は、

「日本の政治をよく勉強しているな」と感じたが、丈二は話題に付いていけないと思った、まだ19歳でもうすぐ20歳の学生であり高校を卒業して都会に出てきて1年とちょっとである、世の中の事は政治も含めてかわかるわけがないのだ。専門学校に通学しながらバイトで時々スコップ持ったりしている丈二とは生活している世界が違う人達ばかりに感じたのであった、学生達が石を投げるような過激な場面は無かったが雑談している所を見たので安心したので、「早く部屋に帰って土曜日提出の課題の図面を描こう」と思いその場を離れて帰ったのである。

翌日登校し、朝礼後の出席点呼が終わって野崎先生から、

「来年春から就職の為の入社試験や面接の案内が始まるので時々掲示板を見るようにして

ください」との事であった、まだ夏前である。

「もう来年の就職が始まっているのか」と思ったが時々見ていたら1週間ほど経過した頃たまたま「松中工務店」という掲示板の入社試験の案内が目に入ったのであった、丈二は大工さんになる夢があったので漢字の「工務店」という文字だけですぐ大工さんの会社だと勝手に思ったのであった。その日のうちに先生へ「松中工務店」の入社試験の申し込みのお願いをしたのであった。その入社試験の書類の中に図面1枚添付が条件になっていたので「秀」の査定印が押されたケント紙を翌日先生に提出したのであった。

約1か月後に試験である、まだ6月なのに来年春の入社試験なのだ、丈二は運動靴にズボンにTシャツで行ったのであった。指定された試験会場に行くと映画館を大きくしたような建物で決められた席は真ん中程で座ると前に横長のカウンターがあって試験用紙が配られていた、見渡すとほんとに映画館の席を急勾配にしたような前の席が段下がりになっている試験会場である、ゆうに100人どころか200人以上は居ると感じたのだ、この中には大学4年生もいるのかなと思いながらも、

「へーェ、こんなにたくさん大工さんになろうとする人がおるんか」とまたまた勘違いの思いのまま答案用紙にのめり込んだのであった、入社試験の内容の1つに、

「四者択一で間違い探しではなく合ってる探し」みたいな問題があった、それは女の人の泣いている顔、笑っている顔、普通の顔、怒っている顔、の4つの顔があってその横に同じ

顔と一致する顔を探してその番号に印を付けると正解なのである、また平仮名では「ぬ」と「ね」と「あ」と「め」の横に「め」と書いてあれば「め」を、金ヘンに「令」や「包」や「寿」や「失」の字や木ヘンの似ている漢字、クサカンムリなども同じように似ている漢字の中から同じ漢字を選ぶのである。

担当の人から、

「答えるのは何問でもいいですが１００問以上は答えてくださいい、答えた問題の数に対して正解がいくつあるのかの正解の率を見ますから時間いっぱいまで退席しないで答えてください」との問題である、丈二はすぐに、

「ああ、遅くとも速くとも間違わないようにする試験だな」と感じたのだ。

要は答えた数の正解率を見る採点と聞いたので安心して受けたのであったが全部で４００問あり全問には達せず1問ごとに2度見して進めたので３５０問を過ぎたところで時間切れとなった、数学の試験は微分や積分は無かったがサイン、コサインや因数分解と丈二には難問だらけであったが国語は漢字のよみがな、英語の問題からは「ケネディ大統領」と確認できたが設問の内容がわからないので予想して「テキサス」と解答したのであった、日本の歴史や地理の問題や一般常識を終えて最後に「私の家庭」という題での作文であった、実家での海苔の仕事での雰囲気と両親からすれば次男の自分を東京に出してくれた事への感謝などを文章にしたが余裕は無く丈二なりに一杯一杯で終えたのだ。

「あー難しかったーァ」とその1次試験が全部終わってクタクタになっていた。

「2次試験まで行けますように」と心の中で祈ったのであった。

その後2週間ほど経過した頃に担任の野崎先生から連絡があって1次試験にパスしたのだ、2次試験は面接である。

2次試験は指定された日の時間に面接室に入ると自分の書いた作文を返されて、

「立って読み上げてください」という対面に座っている5人のうちの1人の指示に、

「はい」と返事して中学校か高校の時の学生時代の生徒みたいに立って読み上げ始めたのであるが、読んでいるうちに何故かオヤジというところで口が回らないのだ、丈二は父親と母親の事を、

「父ちゃん、母ちゃん」と呼んでいたがもうすぐ20歳になるのに、

「父ちゃん、母ちゃん」はおかしいのではと思って以前バイト先では22歳と嘘を付いていた癖がつい作文にも、

「オヤジ、オフクロ」と書いていたのであった。

「オヤジ、オフクロ」と口に出して言う呼び方が日頃の呼び方ではないので思い切って面接の人に、

「あのー、もうすぐ20歳になります、つい大人ぶってオヤジ、オフクロと書きました、日

頃父ちゃん母ちゃんと呼んでいますので父ちゃん母ちゃんと読んでいいですか？」と聞いたのである、すると、

「はい、いいですよ」と面接の人の言葉が返ってきてその言葉の響きに丈二には何かホッと優しさを感じた気持ちになって読み上げたのだった、読み終わってから心の中で、

「大工さんになるのにこんな試験があるんだな」と思いながらも、

「座っていいですよ」との面接の人の言葉の一つ一つに何となく優しさを感じていた、さらに続けて、

「合否の結果は20日から1か月程後でこの封筒に自分で書かれた元宮さんの実家の方へ郵送での連絡になります、学校には連絡は届きませんので」と告げられたのであった、丈二は、

「はい、わかりました」と返事したのである、2次の面接試験が終わって会場を出る時、

「あーあ、作文はやってしまった」と片目を閉じて空を見上げて反省するも、

「合格しますように、そして入社出来ますように」と念じていた。

「7月末か、合格したら大工さんか」とまだ大工さんと思っている丈二であった、しかしすぐに頭の中は現実に戻っていた、帰りの電車の中で網棚に誰かが忘れたスポーツ新聞を手に取り広告のページを見てバイト先を探しているのであった。

ある日マッちゃんが、

「おい元宮、銀行に一緒に来てくれないか」と頼まれたのである、沖縄の実家からの仕送

りの100ドルの小切手が送られてきたのだ、丈二は小切手という紙を初めて見たが同時にその紙が3万6000円になるという事が信じられないのだ。

「へーェ」と感心するも、1ドルが360円である現実を感じたのであった、銀行の窓口に行くとマッちゃんは小切手の代りに3万6000円を慣れたような仕草で受け取ると帰り道にカツ丼を奢ってくれたのである、マッちゃんもカツ丼である、

「マッちゃん、俺何もしていないよ」と言うも、

「いいんだ」と言いながら2人でカツ丼を食べたのであった、食堂を出て商店街を歩きながらの通り道に面した男物のスーツのショーウインドーのある洋品店に「ちょっと」と誘われたのである、商品のブレザーを取って自分の胸に当てて、

「おい、元宮今日はこれを見て欲しかったんだ、似合うか」と言うので価格を見たら8000円と表示されていたのだ、丈二は思わず怒ったような顔をして、

「マッちゃん、似合うが高いよ」と言って買うのを止めさせて一緒に店を出た。丈二はマッちゃんが貯金をいくら持っているのか知らないが、

「月に3万6000円しかないのによく8000円のブレザーを買う気になるなー」とたしなめたのであった、マッちゃんは、

「そうか、高いのか」の一言だけであるが、マッちゃんからすれば円とドルの価格での価値観の比較にまだ慣れないでいるのだ、ドルで育ってきたから円に換算する時、物の価値が

安いか高いかのバランスがわからないのだ、以前から気になっていたが1人では入れなかったのとの事、だから丈二に相談していたのであった。

逆の立場で丈二自身がドルで表示されての感覚を想像してみると、

「自分も慣れないだろうな」と思ったもののマッちゃんは沖縄から出国？してきた人である、その証拠に初めてパスポートというものを見た時、

「マッちゃんは外国人？」と丈二はまじめに聞いたものであった、沖縄がアメリカから返還される2年半ほど前の事である、マッちゃんが同じ沖縄出身の人と会話する時、その言葉は全く分からないでいたが丈二の前では沖縄方言と標準語とを区別して話してくれたので良かったのであった、英語まで喋っていたのだ、沖縄に居る時ハワイに行くにはパスポートは要らなかったから時々行っていたとの事で丈二は、

「マッちゃんって英語もペラペラなんだ、すごい」と感心していた。

7月初めに父ちゃんから丈二のアパートの大家さんに連絡があったのである、「松中工務店」から合格の知らせであった、翌日担任の野崎先生へ挨拶に行った、職員室の付近の先生達からの視線を感じながら、野崎先生から、

「よく松中工務店に合格したなー」と丈二は、

「はい」と返事するばかりであった、報告をして教室へ入り自分のいつもの席に座ると気持はついこの前の事が頭に浮かんだのである、それはケント紙への製図の授業でのペンシルホルダーの「2B」「F」を思い出させたのであった、気持ちはまた「来年から大工さんになるぞー」であった。

その日を境に毎日が楽しくてしょうがないのだ、電車で2時間近くかかる神奈川県の厚木にいる兄《あん》ちゃんから、

「お祝いをするから」と連絡があったので授業に影響が無い土曜日に泊まりの予定で出掛けたのであった。

兄《あん》ちゃんは「家の借金の影響で大学は止めたのでは？」と思っていた、大学校へは進学せず丈二と同じように専門学校に入学し卒業して住宅の浄化槽を扱う会社に就職し厚木に居たのである、長男だから次男の丈二以上に色々な方面でたくさん悩んでいたのではないかと思ってはいたが直接聞いた事は無かった、なんとなく弟だからの理由で聞けなかったのだった、兄《あん》ちゃんも何にもなかったかのように生活している雰囲気であったのでそれ以上話はしなかったのである。

兄《あん》ちゃんの部屋に入ったら刺身に寿司、肉やてんぷらなどたくさんの料理が並んでいたのであった。

兄《あん》ちゃんの仕事仲間の男の人達6人が居た、「弟です」と挨拶をした後、丈二が入社試験

に合格した「松中工務店」を全員知っていたのである。

「松中工務店って有名なんだ」と自分だけが入社試験を受けて合格しただけのまだ知らない、そしてわからないのだ、初めて顔を合わせる人がほとんどにも関わらず丈二の事を、「松中工務店に入社決定か、すごいな」と自分達の嬉しい事のように祝ってくれるのである、その仲間の人達は、

「元宮さん、元宮さん、いい弟さんだね」と仕切っている兄《あん》ちゃんにビールやお酒をお酌するのである、丈二は改めて思ったのだ、ここは熊本から遠く離れた神奈川県の厚木なのである、近所に知り合いは居ないのに、しかもまだ2年と経っていない生活で兄《あん》ちゃんは1人のはずである。

「子供の時からのそのままの丈二の兄《あん》ちゃんなのだ、兄《あん》ちゃんはすごい」と思ったのであった、お酒の酌を受ける丈二は先日20歳の誕生日が過ぎたので酒も飲むことができるようになったのである。翌日は「図面を描くから」の理由で昼前には厚木を後にしたのであった。

毎週土曜日の図面は欠かさず提出して毎回「優」か「秀」であった、鉛筆の「2B」や「F」の種類がある事を教えてくれたマッちゃんにきれいな図面を描く事が出来るようになったのでいつも感謝しながらであった、図面の他の授業は欠席がたくさんあったと思うが気にならなかったのだった、ましてや来年の3月に卒業したら社会人になるのである、とにかく家賃と月謝と生活費を気にしながらの毎日の生活である。

冬休みまであと4日で終業式と決まっていたが曜日の関係で前週の土曜日に図面を提出した為、年が明け来年の最初の土曜日に提出する図面が冬休みの宿題になったのだった、来年の提出用の図面を、

「今描こうか、正月に描こうか、どうしようか」と思っていた時、ヨースケからバイトの情報であった。

浅草の山谷は日雇いでの仕事の内容が毎日毎日変わるが川崎の駅前の方が3日とか4日とかまとめて連続の仕事をくれるという「立ちん坊」の情報が入ったのである、「立ちん坊」は日雇い人夫で日銭稼ぎの典型的な呼び方であり昔の俗に言う「街娼」の意味とは全く違う意味であった。

丈二は終業式の12月20日は出席する予定で残りの授業の予定を確認して仲間に明日からの授業の代返を依頼してすぐに飛びついたのだ、マッちゃんは、

「行かない」と言うので丈二は、

「終業式は出るけど、もしも川崎で『立ちん坊』の仕事があったら終業式まで3～4日行って来るから」と告げて行動したのであった。

丈二は必死な気持ちでいた、それは正月前後にバイトにありつけるという日銭稼ぎが出来る事に貪欲さが出たのであった、10万円を学校に払って入学した時からあと3か月間頑張れば卒業出来るのだ、卒業しなければ自分のこれまでの生活が無駄になり就職も白紙になるの

だ。卒業すればもう会社は決まっているから振り返れないでいた、だからいつも電車に乗るたびに座席の上の網棚の誰かが置き忘れたスポーツ新聞や駅のホームでのゴミ箱内のスポーツ新聞を拾っては求人欄を見るのが普通になっていたのだ、スポーツ新聞が一般新聞より求人欄をたくさんのページに載せていた為であった、部屋に帰ってから「日払い、日当いくら」と書いてある会社を赤鉛筆で囲って時々電話する日もあったが、新聞よりこの川崎の情報はヨースケを信じていたのですぐに行こうと決めたのであった。

今月そして来月と普通に必要なだけのお金があればそれでいいと思っていたのでそれだけの一生懸命で20歳の丈二は必死であった。

翌日の朝早く4時半起きである、川崎駅前の広場に着いたら時間は6時30分である、ポケットに1500円程持っていた、いや持っていたのではなく1500円しかなかったのだ、丈二の全財産である。「立ちん坊」が20人か30人居る、朝が早いのでまだ集まらないのかと思いながら待っていると目の前に来たトラックの運転席から、

「兄ちゃんコンクリート打ちの作業来るかい」と言うのだ、丈二は、

「いくらですか?」と聞くと、

「ニイナナだ」の返事である（日雇い1日の日当が2700円の事である）。

「昼飯は?」と聞く丈二に、

「飯はてめーの金で食え」と怒られたような返事である、丈二は仕事の内容のコンクリー

ト打ちがどういう仕事かも聞かないで熊本弁の「行かーん」でなく、「行かねェー」と東京弁のつもりで返事して断ったのである、丈二はせめて昼飯だけでもあり付きたいと思いながら次の車の来るのを待っていた、タバコに火をつけ20歳になってまだ5か月目の専門学校2年生の丈二である、若いと思いながら若いなりに2～3年上の22歳～23歳程の若者らしく振舞い、そして見て欲しかったのだ、なぜならばヨースケからの情報で、

「大人と未成年とでは日当が500円ぐらい違うから」と聞いていたのだ。一般的に、「当たり前なのかな」と思っていた、20歳を過ぎたばかりなので未成年の日当にされたら困ると思って22歳と言おうと決めていたのだ、そのまま待っているとトラックが来て、「道路アスファルト舗装の仕事だ、来るかい」と言うのだ、すかさず丈二は、「いくらですか？」と聞くと運転席から、

「兄ちゃん、年いくつだ」と聞くので、

「22です」と嘘を返事すると、

「ザンニー出す（日当3200円）」という返事である、丈二は、

「あのう、昼めしは？」と聞くと、

「朝、昼、晩の3食食わせてやるよ、昼は弁当だけどな」と言うのだ、丈二は瞬時に3食はありがたいと思ったので即、

「行きます、お願いします」と返事してトラックの荷台に乗せてもらったものの丈二は心細くて内心、

「どうしようか」とか、

「これでいいのか」とか思っていた、なんせ広い大都会である、東京にせよ川崎にせよ、である、顔見知りの人が居なく1人っきりなのだ、丈二がここに居る事自体が信じられないのだ、よくぞここに来たものである。

「俺には強い味方の兄《あん》ちゃんが神奈川県における、指示されたとおりをすれば良かったい」そう自分に言い聞かせていた、心のよりどころはいつも兄《あん》ちゃんであった、荷台にもう1人一緒に乗っている人がタバコを吸っていたのを見て車が信号で止まった時に、

「自分は大人なんだ」といい付けるように丈二もタバコに火を点けたのである、そのハイライトのタバコが大人の証みたいに気分を安心させてくれたのであった、フーと煙と共に息を吐き出しながら、

「俺はもう大人だ」とまたまたそう思ったのだった。

20分ほど走っただろうか、着いた所はブルドーザーみたいな建設機械があってトラックが数台、乗用車が数台、敷地には奥には資材の小屋みたいな建物で前にはちょっとした広場と端っこに住宅とその手前には大きな2階建の建物で壁に「美好建設」と看板が取付けられていた、会社の看板の漢字の「美好」という文字に「優しそうな会社かな」と少し安心しつつ、

その前で降りたのであった。１階に入るとおばさんが朝ご飯の準備をしていて初顔の丈二を見てニッコリしてくれたので頭を下げたら社長らしき人が、

「挨拶は夕方にするから」との一言で丈二を見ていた６～７人は黙って朝ご飯を食べていたのであった、丈二も指示された席に座って隣の人に、

「失礼します」と挨拶をして御馳走になったのである、出された朝ご飯は山盛りで納豆に漬物、味噌汁、アジの開きに黒昆布、生玉子、と丈二はインスタントラーメンが多い毎日だったのでこの朝食は実に美味かった。

「御馳走様でした」とおばさんに礼儀正しくきちんと立って頭を下げてお礼を言うと、

「はい、行ってらっしゃい」と優しそうな顔で見送られたのである。持っていた下着などの手荷物はその食堂に置くと、隣にいた人が現場に向かう前に保安帽のヘルメットと長靴と軍手を準備してくれたのであった、長靴は大きさの違う数足があったので１つずつ足を入れて大きさを確認したのである、その後さっき乗ってきたトラックに乗り込んだのである、運転席の３人と荷台の丈二を含めて２人の計５人である、20分ほど走った現場は川崎競輪場の広場の一角の駐車場のアスファルト舗装のやり替え工事予定で、前日にアスファルト舗装の表面が剥がしてあり今日がその表面の仕上げの工事との事であった。

　全員で14～15人だろうか、大きなダンプカーがアスファルトを積んでいたのだ、その車の横は暖かいのだ、長靴など丈二に準備してくれた人がスコップを持っていた柄に「男一匹土

方稼業　星川」とマジックで書いてあったので、その星川さんに、

「元宮と言います、よろしくお願いします」と言って挨拶したのであった、丈二はタバコを吸いながら、

「車の横は温かいですね」と言ったらその人は、

「火傷するからこのアスファルトに触らんようにしろ」と言われたのだ。

「はい」と返事したのである、この人は星川という人で自分専用スコップを大事にしている人だな、と思った、それはピッカピカに磨いたスコップだったのだ。作業の前に5人とか6人に班別に振り分けがあって舗装する場所に配置されたのである、油の匂いの乳剤という茶色っぽい液体を路面に噴霧器というより噴射機のようなノズルで散布してその上にダンプの荷台を斜めにしたまま高温のアスファルト材を少しづつ降ろしながら前に進んでいくのである、その後から5～6人がスコップで均等に均《なら》し、そのまた後ろからT字型のトンボというもので表面を均していくのである、路面が平均になったらその上を後ろからローラーの車輪で転圧して砂を撒いたりする人がいて仕上げていくのである、何人かトンボを持っている人の中に口うるさい人が1人居たのだ、後でわかったがこの人が均し屋さんの班長さんであった、この人の指示で全体の工事が進んでいたのだ。

昼はトラックで乗ってきた人達と同じ弁当である、丈二は体には自身があったので先輩達の指示や後ろでよく働き、そして動いた、作業は夕方の4時に終わり片付けして宿舎に帰る

とちょうど5時である、同じ敷地の中に宿舎と別棟の社長の自宅があって社長夫婦に息子さんとおばさんを除いて現場に出る人が丈二を含めて8人いたのである、社長さんみたいな人に、

「元宮君」と呼ばれて、

「はい」と返事すると続けて、

「ここは宿泊代も朝昼晩の食費も無料にしている、ただし酒の桜正宗の1合瓶は飲まない者がいるから飲んだら飲んだ分だけの数量を自分の名前の横に書いて月末の集計で払ってもらっている、今日はここで寝てもいいが帰るんかい」と聞かれたのであった、宿泊代は無料と聞いたので、

「ここに泊めてください」とお願いしたのである。

「わかった、おい星川、お前の横に元宮君の布団を敷け」と命令であった、皆さんを前にして自己紹介の挨拶をしたのである。

「元宮丈二です、22歳で無職です、東京の北区のアパートにいます」と嘘は年齢だけであった、下着と靴下、シャツは別に2日分持っていた、すぐ数人が近所の銭湯に行くというので後から付いて行ったのである。その風呂から上がった後の夕ご飯のおかずの大鍋のおでんが美味かったのであった、おでんは練馬のおじさん夫婦の家で食べた事があったが何か月振りかのおでんである。久しぶりにたくさん体を動かしたので食事がうまく感じたのかもし

れない。壁を見ると小さい黒板が下げてあって自分の名前が一番下に書かれていた、その右横に正月の正の字の一角の1本が1合瓶の桜正宗で晩酌の酒の本数である、1本100円との事、自己申告で記入するセルフである、5本飲むと漢字の「正」の字で5本になるのである、何本かが書かれていた、見方によれば誰が一番飲むのかがわかるのだ、1週間毎に集計して月末に飲んだ各人の給料から引かれるとの事であった、丈二は酒を飲まなかったのである。星川さんから、

「今日は初めてだったがよう動いたなー」と酒を勧められた時、

「酒飲んでちょっと失敗しましたので」とやんわり断って理由を言わずに飲まなかったのである、それは家賃や月謝それと生活費が気になっていた為であった、ましてやポケットには1500円しか持っていないのだ、とても酒を飲む気になれなかったのである。それ以上に別の酔った人がしつこく言ってきたので丈二は、

「人に言えない理由があります、すみません」と立って頭を下げたら周りの人も同時に納得してもらったのである、だから酒を飲まないでも誰も何にも言わなかったのであった。寝るのは2階の2部屋の東ノ間と西ノ間があって星川さんは西ノ間であったのだ、どちらの部屋も6畳で4人ずつである、丈二は星川さんの隣であったが一番出口に近い所の敷布団であった。丈二の部屋の3人のうち星川さんともう1人が刺青を入れていた、が怖いとは思わなかった、むしろ自分が一番年下という感じで部屋の丈二含めて4人全員タバコを吸ってい

たのですぐ灰皿はいっぱいになるので交換したりして動いた、翌朝3人が起きた跡の片付けや畳の掃除とかを初めてであったが勧んでしたので3人とも丈二には優しく感じた気がした、そのまま朝ご飯で昨日と同じ現場であった。

2日目の仕事を終えて宿舎に帰って社長さんに、

「明後日の20日朝午前中練馬のおじさんの1周忌の法事にどうしても出たいので20日の1日だけ休みたいのですが」と学校の終業式に出る予定のため嘘をついたのである。

「その日の20日の夕方には来ますので年末まで仕事をお願いしたいのですが」とバイトの続行をお願いしたのだ、社長は、

「12月28日が大掃除の予定で27日が仕事の終わりだから27日まで仕事をしてくれんか」との事であった。

「はい、わかりました。よろしくお願いします」と言って19日は仕事の後、夕ご飯を終えてすぐに東京の自分のアパートに帰り、本業の冬休みの図面の課題に没頭したのである、翌日は終業式である、式を終えるとアパートに帰り肌着や下着など準備し、川崎の宿舎に夕方の5時前に着いて、何にも無かったかのように、

「法事終わりました」と嘘の報告をおばさんに挨拶すると、

「夕ご飯まだなら食べたら」と夕食にありつけたのである、

「すみません、法事も嘘で夕食を食べる為に早くこの時間に来ました、ごめんなさい、と

嘘をつきました」と黙って心の中で謝りつつご飯を食べていた丈二であった。

翌日も以前と同様アスファルト工事の作業である、その日の現場は川崎港の電力会社の火力発電所の駐車場の一部でアスファルト舗装作業であった、丈二は色々な作業の指示にすぐ真面目に懸命に動いたのであった、近所の銭湯にはコインランドリーも有り下着など3日分は洗濯したらすぐにそのまま乾燥まで出来たので便利であった。

12月27日までの9日分で2万8800円を貰う時社長から、

「来年明けて1月5日は仕事始めで6日から仕事をするので6日に来てくれ」の依頼である、丈二はすぐに、

「はい、来ます」と言ったものの1月11日から学校である、バイトとしての仕事ができる日は1月10日までの5日間なのだ、なんとかなるか、とあまり考えないようにして宿舎の星川さんや他の人達に挨拶して東京のアパートに戻ったのであった。

ヨースケから、

「年末年始は暇だろう?」とまたバイトの情報である、2日間だけで有楽町駅ビルの中の百貨店のようなお店の通路の床に厚さ2ミリ程の30センチ角のPタイルというビニール系の床材の貼替交換作業との事、12月の30日と31日の2日間だけのそれも夜である、年末年始は故郷への里帰りも無く予定が無いのでマッちゃんと相談するとマッちゃんは床材のPタイルという事を知っていたのであった、バイトはマッちゃんも里帰りしないので2人で行ける事

を告げたのであった、ヨースケは面接なしで作業ができるよう作業依頼者に段取りしてくれたのであった、ヨースケは自分のバイトがあるから一緒に行けないとの事であった。

30日の夕方に作業を依頼するビルの管理事務所に行くと管理の人から作業の方法と全体範囲を説明の後、道具類を台車に段取りしてもらったのである、通路のそこここと剥げている部分が数か所あるのを新しいタイルに貼替る作業で初めての作業内容でも丈二にはすぐ理解できたのだ、全面ではなく部分補修なので1か所の修理時間はすぐに終わる為営業している店の前も構わずに手押しの台車をお客さんの歩ける幅を確保しながら貼替えていくのである。マッちゃんの実家は建築業で作業の要領とか道具とか理解していたので手慣れた感じであったので丈二は彼の後ろから引っぱられるように作業していった。地下1階、1階、2階の3フロアー分を2日間の作業であるが30日の作業は18時から22時までの4時間である、22時に終わって片付けに手間取ってパチンコ店の閉店時間の22時30分まであと10分ほどになってしまったのであった、当然今夜はパチンコは出来ずである、マッちゃんはがっかりしていたらしく言葉が返ってきた、

「おい、元宮、残ったら来年また別の人が修理貼替をするらしいから明日の仕事は10分早く終ろう」と言うマッちゃんに、

「パチンコしたい?」と聞いたのである。

「うん」の返事であった。

翌日31日の大晦日の夜は作業に忍耐が要ったのだった、それは時々店のラジオかテレビからのNHK紅白歌合戦での歌が聞こえてくるのだ、その歌を聴きながらの作業である、通行人の中に和服姿のあでやかな姿の女性がスーツ姿の男と連れ添って楽しそうに歩いているのだ、うらやましいと思ったのであった。大晦日という日だとはわかっていたが改めて、

「ああ、今何で俺はこの作業をやっているんだろうか」と自分に問答しているのである、マッちゃんも同じ気持ちであろうと感じていた、昼の時間帯は人が多い為作業が出来ないので夕方の6時から夜の10時までで日当3000円だったのがせめて気持の救いであった。丈二は仕事の帰りに勝つ事が少ないパチンコで負けてしまうと余計に気持ちが沈んでしまうのでマッちゃんに言ったのだ。

「マッちゃん、10分早く終わるどころか今日は大晦日という事はわかっていたが完全に忘れていた、パチンコ屋さんは大晦日の為午後8時に閉店と書いてあったよ」と、マッちゃんに言うとマッちゃんは、

「ああー」と残念そうに頷いたのであった、仕事を終えて管理事務所に行くとマッちゃんと自分の名前が書いてある封筒を渡されて6000円がそれぞれ入っていた。

「いい正月をお迎えください」と管理事務所の人に言われ頭を下げて有楽町の駅のホームへ向かいながら丈二は言った。

「マッちゃん、あと2時間で正月の元日だよ、今夜の夜食はインスタントの袋入りのラー

メンにするよ」と言うと、

「うん、俺もそうする」と返事であった。

「マッちゃん、正月は何する？」と聞いたものであった。

「うん、桐生というところに親戚（女性）が就職しているので日帰りで見に行って来る」

との事であったので丈二は、

「キリュー？」

「うん、群馬県」

「ああー」丈二は理解したのであった、同時にマッちゃん1人では心細いのではと思ったので、

「日帰りなら俺もついて行こうか」と言うと、

「うん、来てくれ」である。

列車で約2時間半ほどで桐生駅に着き駅前のバスから桐生市内の紡績会社みたいな所に行ったのだったがマッちゃんと親戚の彼女が話をしている言葉というか丈二はその会話が全くわからないのであった、1時間ほどで、

「元宮、帰ろうか」である。

「もう帰る？　いいの？」と聞くも、

「うん、安心したので」との事で、東京から桐生市までのとんぼ返りである。

冬休みの正月の間、課題の図面に没頭することにしたのであった、元日は神社やお寺に初詣など丈二の頭の中には全く無かった、それより元日の朝の食事は父ちゃん言葉の、

「イワシのお頭」という思い出が浮かぶのである、元日は丈二が高校を卒業するまで満潮干潮に海苔の仕事を合わせる為に朝早く3時とか4時に起きての仕事だったから、ゆっくりおせちなどを食べて過ごす元日の思い出が無いのであった、だから、元日という言葉には「イワシのお頭」の言葉をすぐ思うのである。

それと東京都北区長から成人式の出席等の案内を郵送してきたが知っている者が居なかったので欠席の返事をしたら成人式の前日ポケットに入る程の小さな日用字典が郵送されて頂いたのは祝成人の記念品であった。

年が明けて1月4日に兄《あん》ちゃんから知らせがあったのだ、熊本の実家に丈二の通っている学校から郵便が届いて、

「出席日数があと7日不足すればお宅の息子さん、丈二さんは卒業できない旨」との通知であった、それを聞いた丈二はすぐに、

「ああ、父ちゃんに怒られるか」と思ったが兄《あん》ちゃんからは、

「父ちゃんは怒っとらんけん、卒業だけはしてくれって、それとすぐお金送るけん」と父ちゃんの伝言と共に安心させてくれたのであった。

「バイトの仕事をし過ぎたか」と、反省するも冬休み中である、学校は1月の11日からとなっていた、11日に先生に相談するより前の日の10日に行ってみようと思ったのである、川崎のバイト先に仕事は5日が仕事始めと聞いていたので、電話で、

「おめでとうございます」の挨拶をして、

「1月6日に行きます」と前日の1月5日に連絡を入れたのである、その時、

「父親が年末に糖尿病で入院してひょっとしたら1月の9日か10日頃熊本に帰らなければならなくなったら仕事ができませんのですみません」と断りの嘘の予定を入れていたのである、丈二は貯金を2万5000円ほど持っていたが出席日数が不足する事を考えると今後バイトが出来なくなると思っていた。

1月6日に朝早くに宿舎に着くと星川さんが、

「おい元宮くん、オヤジさん大丈夫か?」と心配してくれているのだ。

「はい、心配してもらってありがとうございます、まーだ50代ですが酒の飲み過ぎなんですよーォ」と父ちゃんには悪いが自分の父親をバカにしたような言い方でその場を過ごしたのであった、社長には、

「10日に熊本に帰りますので9日まで仕事させて下さい」とお願いをしたのであった、9日までの4日間の作業は丈二にすればいつもより真面目に素直に一生懸命であった、そしてその9日の夕方、ご飯を終わって挨拶する時、社長から日当分の封筒を渡されてさらに別に

お見舞いの封筒をくれたのであった。

「ええっ」と思ったのである。

「嘘、なんですよ」と言えなかったのだ、社長、それと星川さんほかの皆さん、ありがたかった、本当に「ありがとうございました」であった。

「11日か12日に連絡します」と行って宿舎を出たのであった、帰りの電車の中で2つの封筒を開封したのである、4日間の日当は1万2800円で別の見舞いの封筒には5000円が入っていたのである。

「ああっ」と電車の天井を見たのであった。

貯金を計算すると4万円程である、1月10日に仕送りの2万円が届いたのだ、合計6万円程になったのである。

「父ちゃん、バイトのお金が入ったから仕送りは送らんで良かよ」と言えなかったのである。

3学期の始まる1月11日の前日10日に学校の職員室に行ったのである、今日まで冬休みであったが野崎先生は居られたので頭を下げて話を聞いたら、

「出席日数の問題もあるが試験の不可が5科目ある」との事、それは全科目15科目のうち5科目が追試験になるという意味の事である、「不可」というのは30点以下のことであり、31点〜60点までが「可」の査定になり61点〜80点までが「良」で81点〜90点までが「優」で

91点から100点までが「秀」という査定の事であった、まさか5科目も不可になるという事は知らなかったのである、学科問題でなくて授業そのものを欠席している為に出席日数が不足しているとの事であった、野崎先生からは卒業まで全科目の出席指示である、それと、「5科目の追試験はすべて31点以上を取ってくれないか」という指示である、5科目の中には実験する授業に居なかった為欠席扱いとなり単位が取れるわけがないのである、自分の頭の悪さという次元もあろうが学校の近くの民間の会社などへ生徒全員で出掛けて行っての材料実験や近所の公園などでの測量実習という教室以外での授業の科目で出席日数が足りないのだ。授業の代返を依頼していた友人が防げないのがこの授業なのであった、授業に出ていないこと自体が試験の不可という結果である、それに試験の費用が1科目につき1500円である、5科目で7500円は誰でも計算できる、丈二にしては生活費からの出費なので想定外なのである、5万9000円程お金があるのでそれを使う事にしたのである、1月に出費するお金は家賃と食費と光熱費などそれらを払っても余るのであるが無駄にしないよう節約しなければならない。

昨年夏の7月末に「松中工務店」に4月から就職先が決まった時点で安心したのかアルバイトをたくさんするようになったのであった、3月に卒業すれば入社出来るという安心感が毎日の授業よりもアルバイトを優先させたのであった、3畳一間でもそのアパートの毎月の家賃に加えて、生活費と年に2回支払う授業料と2か月か3か月かに一度の実家からの仕送

りの2万円では足りなかったのだ、丈二は、

「足りない時は日当の仕事して稼ぐから」の言葉で熊本から出てきたのだ、しかし東京に出てきたばかりの春先からの1年生の時は部屋でご飯を炊いて明日の弁当のおかずと共に今日の夕食のおかずの材料を買って作っていたのである、その年の年末にはご飯だけ焚いておかずは作らないで出来合いのすぐに食えるおかずを買って済ますという手抜き？に慣れた食事の毎日になっていたのであった、東上線の成増駅前の店先で皿に乗せたらすぐ食える惣菜を売っているのを簡単に買える丈二になっていたのである。専門店である八百屋さんや魚屋さん肉屋さんにはまだそれらの店の中に入って買う勇気が無くて買えないでいたがすぐ食える揚げものや魚の煮付けなどは、

「これ、下さい」の一言で店の人と会話せずに買えたので店の敷居は低く感じて買いやすかったのであった、都会生活すぐの時の18歳の丈二は八百屋さんの閉店間際にキューリのカゴ一杯いくらという価格を見て、

「これ、下さい」と言ってそのキューリだけを買う方法で買っていたのだ。買い物カゴを持っているおばさん達の間に入って買うことがとても恥ずかしかったのである。肉屋さんも同じで肉料理はやったことが無くビニールで包んである中身がソーセージかハムかわからないまま300円か500円の表示価格の1本丸ごとを閉店間際に買いに行く、そんな買い物の生活をしていたのであった。さらにいくらかが不足する月は質屋さんに腕時計やスーツを

持ち込んでお世話になったりであった、そのままで学生生活を終われば良かったのであろうが1年過ぎる頃には慣れて友達も出来て便利な方法での食事になっていたのである。

これまでの日当稼ぎの仕事の内容は東京湾の埋立地の夢の島への道路補修工事の土方作業や残材運搬、上野の御徒町駅近くのビアガーデン呼び込みのボーイさんや給仕係、東京港の竹芝桟橋で貨物船に荷物を担いで運ぶ労働者の沖仲仕の仕事は足場が揺れるので安定せずに不安になり半日で断った。川崎の道路工事のアスファルト舗装などであった、学校の授業とバイトの割合がバイトの方の比重が大きくなって当然授業がおろそかになってしまったのであった。

川崎のバイトの仕事先にはまた嘘の報告をしたのであった、「しばらく熊本の実家の近くで仕事します」と言って連絡しアルバイトの仕事を断ったのであった。

追試験の5科目という多さは丈二だけで、他の同級生はせいぜい2科目で終わりの感じで、それ以上の同級生は退学か留年かわからないが学校に来なかったのであった。

追試験の5科目中2科目は他に数人の同級生がいたが、次の3科目からは教室に居るのは先生と自分と2人だけの追試験である、恥ずかしいというより逃げる場所が無く頑張るしかなかったのである、さらに5科目全部の追試験を終わった後でその中の1つだけ不可があり同じ科目の再追試験になったのである、それは材料実験という科目である、実験に立ち会っていなかった為に不可になってしまった科目であった、それでも野崎先生は面倒見てくれたのであった、1日延ばしてくれたのである。

「明日の再追試験の範囲は教科書のここのページからここまでだからここを勉強して来なさい」であったのだ。

その夜は教科書に集中した、そして翌日先生と自分と教室で再追試験での1対1である、教科書に載っていたところと同じで正解したのである、結果「可」をもらえたのであった、後で親しい同級生に聞いたが追試験のまた後の再追試験などあり得ない事だったとの事、丈二は、「先生が先生個人の見解で可にして頂いたのかも?」さらに「自分だけが特別だったのでは?」と思った。

後日、丈二の成績証明書にはすべての科目の字が「良」とか「可」とかで図面の評価は「秀」が印刷機で印刷された字であったが材料実験の科目だけ「不可」の活字が横線で訂正されてすぐ上に「可」の文字が印刷の字ではなく手書きの文字で書いてあったのが嬉しかったのである。

「野崎先生ありがとうございました」心の中では感謝、感謝、またまた感謝であった、おそらく学校の事を思う時は一生忘れられないだろうと思った、本当に先生の対応は嬉しかった。

その日を境に残り少ない授業の全部を欠席すること無く通学して卒業出来たのであった。

（6）ちょこっと　バイトと再追試験

卒業式は神田の共立講堂で行なわれ、2年前入学した時は5クラスあって丈二のクラスは1クラス130人だったが退学や留年か理由はわからないが半数くらいの卒業生であった。丈二自身一番多く追試験を受けたのでクラスでの順位はビリの卒業生であった、と思っている、壇上で1人ずつ卒業証書を貰う時、丈二にも、

「ガンバレ」と言われて握手した先生は卒業して2年と少ししてから内閣総理大臣になられた田中角栄校長先生であったが政治がわからない丈二にとってはなんとか卒業させてもらった学校の校長先生であった。

〔7〕ちょこっと　学生から社会人

野崎先生にお世話になり3月の卒業式を終え、学生生活が終わったのだ、丈二本人にとっては、

「何とか卒業できたーァ」である、その喜びを噛み締めながらの毎日になった。

就職先の「松中工務店」の新入社員の為の会社説明会と教育実習が3月末の月曜日から金曜日までの5日間が予定になっている、その日まで待つ間のお金の出費の中身は家賃と食費などの生活費のみであり、特別に大きな出費しないで普通に生活していればいいのであるが大きな出費といっても学生生活が終わったばかりの丈二にとっては1０００円単位の金額が大きな金額である。これまでは時々であったが月末には質屋さんにお願いしてお金の不足分をスーツなどを質にして3０００円とか4０００円程を貸してもらっていたがその必要も無くなったのだ、大学生になっている同級生達のアパートに行ったがこの連中は相変わらずマージャンばかりである。

「大学生ってよく毎日毎日遊んでいられるなー」と感心していた丈二であった、丈二は自分の仕送りが2～3か月に一度の2万円という金額は口に出せずにいたが彼らに仕送りを聞

くと毎月決まって3万円とか5万円とかの話であり、

「へっ?」と感じるも、

「ああ、仕送りの金額の範囲の中で大きな出費をしなければこの同級生達はバイトをする必要はないのか、だからマージャンしていられるのか」とその場ではうらやましく感じたものの反対に4年間の大学生活はいいなとは思えず、夜に勉強しているのかわからないが学んでいる雰囲気を感じないのであった。

「勉強せんで、よかと?」と聞きたかったが自分は大学生ではないので何にも言えなかった。その同級生達と丈二との違いは2年間の専門学校を卒業した丈二より2年遅く社会人になるだけと思っていた。

「丈二は卒業したばかりでこの連中と自分とは違うんだ」と感じていた。


丈二にとってはこの2年間まったくと言っていいほどゆっくりしていた時間が無かったのだ。毎週土曜日の午後に課題の図面の提出という決められた時間と外せない授業以外を選んでのバイトでの稼ぎの日々であった。

2年前学校に支払った入学金の入った封筒に海苔の削りカスの破片が入っていた時の場面が忘れられないのだ。父ちゃん母ちゃんからの仕送りのお金をマージャンやパチンコにはとても使う気になれなかったのであった。

4月から社会人になる丈二にとっては彼らとの話の内容が違うので話が途切れるのである、さらに丈二にはマージャンする事に頭は使っても体を動かせない事が退屈と感じていたので、あまり積極的になれずにいた、結果そこには長い時間は居られなかったのであった。時々豊島園の近くのおじさん夫婦の家にご飯を食べに行ったりで過ごしていたが就職が決まってからはいつも御馳走で迎えてくれ嬉しかったのであった。

3月末日の新入社員としての社員教育の説明会と教育実習当日である、決められた時間に行くと入社試験を受けた時と同じ場所で大きな映画館のような建物の中である、丈二は兄《あん》ちゃんに買ってもらったスーツにネクタイ姿での説明会が始まったのであった。

「松中工務店」のこれまでの過去に建築した建物の外観や工法がスクリーンに映し出されてびっくりであった、それは4年前の高校2年生の時に修学旅行で行った東京タワーや後楽園球場の工事中の場面が映し出されていたのだ、丈二が就職した会社は、

「東京タワーを作った会社なんだ」と、これには感動した、他に初めて見る建物や百貨店、生命保険ビルなどであった、会社の規模などの説明があったのであるが何と社員がゆうに1万人以上である、丈二が一番驚いたのはこの社員の数であった。大きな建物の実績のスクリーンでの説明を受けた後であったのでこんなにもたくさんの社員としての大工さんが当然必要なのであろうと勝手に思ったのであった、ここでもまだ社員の事を大工さんと思ってい

るのである。丈二の「松中工務店」という会社への第一印象であったが、自分の仕事の内容はあくまで「大工さん」なのだという気持ちがまだあったのである、説明会の途中でも気分は、

「いよいよ大工の新入社員だ、来週の4月から仕事をするんだ」という新たな気持ちにさせられ高揚していく丈二であった。

説明会の4日目の午後に、

「明日は印鑑を持ってきてください」との指示に次の日の5日目当日である、その持参した印鑑を押す領収書と印刷されている紙を見て、

「エッ！」と思ったのである、担当者の人から、

「今月分の給与です」と言われて受け取ったのが何と3月の給料との事で1か月分の給与の現金が入れられて自分の名前が書いてある封筒であった、流石にこれには「唖然」としてただびっくりであった、たった1週間というより5日間である、それも仕事をしたのではなく会社の説明会やスクリーンでの建物の映像を見せてもらっただけである、昼御飯も社員食堂みたいな場所で無料の食券をもらって5日間共頂いたのであった、丈二は思った、

「松中工務店ってなんと凄い会社なんだ」と、思いながらも説明する人から、

「来月4月の第1月曜日4日の朝9時にこの会場の今座っている席に来てください、その時に皆さん全員の配属先と担当者を決めてありますのでその担当者の指示に従ってくださ

い」との事であった、さらに、

「当日にまた説明しますが配属先が決まったら担当者と打合せした後でいいですので自分名義の銀行通帳を4月半ばくらいまでの期間に作って担当者に提出してください、今後給料はその各自の通帳の口座番号に会社から振り込みになりますから」との事であった、丈二は感動し嬉しすぎて有頂天になっていた。

帰り道の電車の中で今後の金の使い方の計算をしていた、それは今ポケットに持っていたお金が1万5000円程である、それに今日のこの給料を加え概算計算すると3畳一間の家賃4500円を明日大家さんに支払ったら残りが来月25日の給料日まで26日間を約いくら程での生活となるのだと頭の中で計算したのであった。つい数日前までの生活に較べて、いきなりお金持ちになった気分である、丈二は自分の前に腰かけて新聞を広げている全く知らない乗客のおじさんの姿を見てちょっと余裕が出て「ムフフ」と笑ったのであった。

またまた頭の中ですぐ実家の父ちゃんや母ちゃんにいくらか送ろうと金額は2万円か3万円ぐらいがいいかと思ったものの今月の生活費があるので次の給料日まで生活できる金額になってから送ろうと決めたのであった。東京という都会生活で2年と少し過ぎたのであるが道を歩いても電車に乗っている時も当然であるが全く知らない人ばかりである。おじさん夫婦や兄《あん》ちゃん、友達が数人はいても毎日は自分1人である、ましてや来週からは毎朝毎晩、電車での通勤が始まりマッちゃん達と会えずに今までの生活と全く違う生活になるのである。

2月までは質屋さんにお世話になって生活していたがこの思いもよらない3月分の給料がこれまでの生活を大きく変えてくれたのである。学生を卒業したので学費が不要になってその分他の費用に使えるのだ。言うまでもなく今月というよりずっと先までは質屋さんにお世話にならないで済みそうである。怖くはないが不安でもある、だから実家に送る金額と時期は次の給料まで待とうと決めたのであった。

4月の給料日である、事務の担当者から明細書が渡されて人生初めて給与明細書を見たのであった、配属されて行った先の職場というか現場事務所から歩いていけるところの大手銀行で丈二は通帳を作ったのでそちらに振り込まれているので給与明細書のみ渡されたのであった、ミシン目のようなところを切り取って開いて見たら振込額と書いてあった額に、「ええっ！」と驚いたのであった、それは思っていた金額と全く違う多い額であった。給料には先月同様驚かせられている、それも金額が多い事にである、その多い金額は残業の手当が加算されて基本給程の金額までにはいかないものの想像していなかった額が振り込まれていたのであった。この時ばかりは嬉しくて嬉しくてもうしょうがないほど嬉しかったのだ、天に向かって、

「うれしかーァ」と大声で叫びたーい、そんな気持である、1か月の暮らし方が少しは理解できたのでまず2万円を父ちゃんと母ちゃんに送ったのであった、その封筒の中の紙に、

「夏にもしボーナスが出たらいくらか送るから」と書いていたのだった。

嬉しい事はこの時期からなのかどんどん降りかかってくるのだ、その理由は松中工務店の勤務である。毎週土曜日は半休の日（俗に言う半ドン）なのだ、土曜日の半日の勤務を全日に変更して勤務した場合はその半日分を翌週の土曜日に振り替えるとその土曜日がまる一日休みになるのである、一週間おきに週休2日が訪れるのだ。思ってもみなかった3月の会社説明会での給料、そして残業手当加算額、それに今回の休みの事、丈二にとっては21歳を目前にして幸せの頂点まで一気に来たというより連れてこられた思いである、職場の先輩の指示で一生懸命仕事をしている自分が楽しいのだ、社会人になるってこういう事なのかと、丈二とすれば嬉しさがたまらない実感であった。

土曜日のまる一日の休日である、明日の日曜日までの週休2日である、丈二の予想では「マージャンしているだろう」の大学生の同級生達の所に行く気がしなかったのだ。

行ったら自分が会社員になった今、現在の自分がお金を持っているそのままを話すだろう、そうしたらおそらく丈二自身は新入社員なのに自慢話になるような気がする、と勝手に予測したのである。

それよりも丈二には1つだけ忘れてはならない気持ちがすっきりしない気がかりがあった。

それは以前バイトしていた川崎の美好建設である、社長に父親が糖尿病との嘘をついて、「熊本で仕事を探します」と言ったままのこの日である、川崎に行って社長に謝って来よ

うと即決行動したのだった。

夕食前の時間に着くように余裕を持って出かけたのだ、川崎駅からタクシーに乗って途中酒屋さんに寄って1升瓶の清酒を2本縛り、のし紙に「御礼　元宮丈二」と書いてもらい、以前星川さんにコーラと焼鳥を4～5本奢ってもらった宿舎の近くでいつも営業している屋台の焼鳥屋さんの前で降りたのである、焼鳥屋のおじさんに、

「美好建設の宿舎の人達に差し入れしますので適当にいろいろ100本ほどお願い出来ますか?」と言ったら、

「うーん100本か」の返事と、

「15分か20分程かかるよ」との事であったのでお願いしたのだ、焼鳥1本が30円平均だから100本の30円で3000円と計算していたのだ、タクシー代とお酒2本を支払った後財布には4万5000円入っていたので、

「気持ちは5000円でもいいよ」とか思いながらの丈二は余裕である、少し間を置いておじさんが、

「見たような顔ですね」と言うので、

「はい、以前美好建設の星川さんに連れられて2度ほど来ました」と返事すると、

「ああ、あの時の」と覚えてくれていたのだ、嬉しくなってその後松中工務店という会社へ就職できた事のお礼で来た事と今は上野の近くで仕事をしている事を話したら、

「久しぶりにいい話だねーェ、何本かサービスしとくよ」とおじさんは数本おまけをくれたのであった、知らないおじさんであったがこのちょっとしたおまけに何となく親近感を覚えたのであった。


のし紙を張った2本の酒と焼鳥の包みを両手に社長の自宅に訪問したのである。

「元宮です、しばらく振りです、正月はお世話になりました」と言ったら社長は、

「おお、元宮君、元気していたか、何？　スーツ着て？」の言葉を受け隣の奥様にも頭を下げて、

「はい、実は嘘付いていました」と再度頭を深く下げて、

「何？」

「はい、実は3月まで専門学校の学生でした、正月に学費と生活費が無くなる予想でしたのでここにバイトに来ました、正月明けにオヤジが糖尿病という嘘をついたのに見舞金まで頂いて後にも先にも嘘ばっかりついてすみませんでした、その後松中工務店に入社出来ました、どうしても社長に謝りたかったので謝りに来ました」とまた頭を深く下げながら一気に思っていた事を喋りまくったら、胸の中のわだかまりがなんかすっきりしてモヤモヤ感が抜けて素直な感じになったのだ。酒と焼鳥を上がり框に置き、名刺を差し出すと目を丸くしたような社長は名刺と丈二の顔を交互に見て、

「何や？　松中工務店？」と驚いた様子である、何度も頭を下げている丈二に、
「そーかぁ、頭を上げて、いいよいいよ」とニコニコして言ってくれたのだ、丈二は、
「はい、今は上野の近くの現場にいます」と告げると、
「みんな居るから向こうの宿舎に行こう」とさらに社長は、
「ああ、その酒も持って行こう」と丈二を促して皆が居る所へ連れて行こうとしたので、
奥様に一礼して外に出て宿舎に入っていったのである、すぐに、
「おう、久し振り」と星川さんが近寄ってきたのだ、社長が、
「元宮君は松中工務店に入社したんだ」と紹介するや周囲から、
「おおーォ」と声が上がったのだ、松中工務店は全員が知っている様子であった、社長は
自分を立ててくれたのだ。
「差し入れです」との酒と焼鳥を出すと周りの人達から、
「おおーォ」と再度のざわめきである。
以前バイトしている時は飲まなかった丈二であったが嘘をついていた事を謝って星川さん
達と一緒に飲んだのであった、以前2階の寝ていた所がまだそのまま空いている事を聞いた
ので丈二は社長にお願いして、
「明日は日曜日だから今夜はそこに泊まっていいですか？」と了解貰って星川さんと共に
そこに寝てしまったのであった。

11月になって丈二の卒業した高校の同窓会が開催されたのだ。場所は東京タワーの近くの料理屋さんである、兄《あん》ちゃんから丈二が高校を卒業した記念に注文で作ってもらったスーツは、質屋さんに何回も行ったり来たりしたが松中工務店へ入社した時も着て行き丈二は気に入っていた、昼間は会社からの作業服での仕事であったのでスーツは年に何回か着る程度であったので大事にしていた。通勤は上がブレザーで下は単品のズボン、ネクタイは安いものを3本で真っ白のワイシャツしか持っていなかったので勤務場所の百貨店の地下の仲良しというか顔見知りというかキムチ売り場のおばさんだけどお姉さんにたまたま同窓会でのスーツの話をした時、

「4階の紳士服売り場の高橋さんという係長が居るからネクタイやワイシャツなど決めてもらったら」と聞いていたので丈二は仕事が終わってまだ営業している百貨店の4階に行ったのである。

そのスーツを着こんで似合うネクタイやワイシャツを選んでもらったのである。ワイシャツは気に入った布地を注文して自分の体型に合わせて拵えるのである、流行りでもあった、さすがにネクタイは注文すると高額の為に価格の安い既製品を選んでもらったのであった。結局紳士服売り場から購入したのは注文のワイシャツと既製品のネクタイそれに合わせて胸ポケットにちょっとのぞかせるネクタイと同じ柄のハンカチだけであった、ネクタイピンや

カウスボタンは高額であったので近所のアメヤ横丁（通称アメ横）で買ったのである。

夏の誕生日で21歳になっていた丈二と同じように2年課程の短大生とか専門学校を卒業した者はおらず、高校卒業後すぐに就職し社会人になって3年目の数人の同級生とその他は大学3年生で、集まった人数は東京中心に埼玉や神奈川、千葉など近隣に住所のある20人近くが出席していたのであった、大学に行かなかった丈二は、大学3年生になる同級生に、

「この春から社会人として生きとる、まーだ、マージャンしよっと」とここでは自慢ではないが今は自分の事を胸張ってしゃべっていいだろうと言わんばかりにスーツでの着こなしを表現していたのであった、さらに丈二は、見栄をはりたかったのか、

「大学に行けなかった」とは言わなかった、あくまで、

「行かなかった」と言ったのであった、高校卒業前の18歳の時は大学に行ける同級生をうらやましいと思っていたが21歳を過ぎた今は特にうらやましいと思えなかったのである、本心でもあった。

スーツ姿で周りの同級生に名刺を差しだす時は余裕があったのである、金欠でピーピーの大学生の同級生を前に、

「俺は皆より2年早う、給料取りになったサラリーマンだけん、輝いとっど？」の熊本弁である、その証拠に当時流行した1万円程のソニーのポケットカメラを持っていたのであった、同級生は、

「おい、元宮、何やそれ?」

「うん、ポケットカメラたい」とタバコ程の幅で、長さはタバコの1・5倍程で厚さはタバコより薄い位である、丈二は、

「サラリーマンになっと、こがんとが、買えるとばい、早く卒業して給料取りになれよ」とばかりに言っていたのだった、さらに、

「久し振りの熊本弁と金持ちではなかばってん、給料ばもらえてこがん嬉しか事は無か、給料取りは良かぞ」と伝えたかったのであった。


アパートの自室に帰るとテレビは無い、それはカラーテレビが10万円以上、さらに大きいテレビは給料の4~5倍の価格以上という高価であるという事と、毎日残業の為にアパートに帰るのが遅くて見ている時間が無かったのである、その楽しいはずのテレビを見るより職場の先輩達と毎日残業である、その残業での仕事する事の方がテレビを見るよりはるかに楽しく、さらに仕事する喜びがあったのだ、百貨店での中古のカラーテレビの売り出し日の開店前に100人以上が並ぶような人気であったが丈二はテレビを欲しいとは全く思わなかったがステレオには魅力を感じていた、勤務地の百貨店の課長さんに、

「ソニーのリッスンナインのステレオを1回払いでは買えませんので月賦で買うことができれば欲しいです」とお願いしたのであった、残業手当を除けば丈二の給料の3倍も4倍も

するようなステレオの価格である、丈二は残業手当が給料に加算されていたので買う気になっていたのである、課長さんは電気売り場の担当の人に交渉してくれたので6回払いで買う事が出来たのであった。

丈二は毎月の給料日にLPレコード盤を1枚買う事と自分のアパートの近くの洋品店でワイシャツ1枚を必ず買う事が楽しみの1つであった。勤務地の百貨店でのワイシャツは高価であったので手が出なかったのだった。

学生と社会人との考え方の大きな違いはお金が有るか無いかなのだろうと社会人1年生の丈二にはそれくらいの判断しか思い当たらないのだ。

学生から社会人になってからはわからない事ばっかりである、自分の置かれた位置とどう合わせて生活するか、であると思う。

「どうして？　何で？」と考えても結論は出てこないのだ、その次にはまず半歩でも努力することである、ぼやけた目標でもその方角へ行こうとする事が楽しさや喜びに繋がっていく気がする、その行こうとする行動を頑張っていると周りから助けてもらう場面がたくさん発生してくる、そんな時職場の先輩が「ああしろ」とか「こうしろ」とか指示があるのでそこに集中すればいいのである、当然指示された事への結果報告が一番である、そこに仕事の価値観と先輩との連係感が生まれてくるのだ、自分の生活とはそういう前向きな気持と行動の連続であると思う。

まだ20歳や21歳の年齢では人生経験が乏しいのでスタートラインである、社会人になってから、
「こんなはずではなかった」と思う時や、
「生き甲斐やりがいのある仕事が自分の思っていた事とは違っていた」と思う仕事が確実に必ずある、丈二は断言する、だから具体的に自分がどの方角に進みたいのかがわかりかけた時点で方向を決めればいい事である、ハンドルを常に持っている事でありこのままますぐに行きたいか、右に切りたいか、左に切りたいか、Uターンしてバックしたいのか、ひとまず一旦止まってのブレーキなのか、さらに極論ではあるが上空に飛びたいのか、地面や水のある真下の方角に潜りたいのか、自分の立ち位置は会社員である以上1人ではないのだ、周りの同僚や先輩、上司とよく話をする事である。

学生生活の時は学生生活でしか味わえない事や学生生活だから行動できるなどいろいろあると思う、授業よりもバイトを優先した丈二は大きい事は言えないがなんとか卒業出来たのである、本当になんとかである。学生である以上は学業が本分であり卒業する事を論じてまで言うことはない。

社会人ならば給料をもらってその代償の仕事での価値を会社が得をしているので自分の生きがいや仕事のやりがいがその会社の団体の中の一員として生活していくのである。当然規

律があってもそれ以上に楽しい事がたくさんあるのだ。丈二は学生から社会人になった時、職場は理想的な同僚の人達に恵まれた、だから仕事がきついとか全く感じなかった、むしろ楽しさが上回ったのであった。

子供の時からそして学生の時からあれほど、

「浦畑おっちゃんみたいな大工さんになるんだ」とずっとずっと自分の進路を求めていた丈二であった、しかしそれがいざ社会人になって職場に行くといきなり新入社員の段階で現場監督なのである、名刺が準備されていて現場監督の卵である、頭にネジリ鉢巻、地下足袋を履き腰に釘袋の大工さんではないのだ。鳶さんや鉄筋屋さん、サッシ屋さんやペンキ屋さんなどたくさんのプロの職人さん達が活躍している仕事の現場の監督である、社会人新人の丈二は監督が出来るわけがないのだ、学生の時に全く知らなかった現場監督という職種なのだ、その仕事に一生懸命になって喜びや仕事のやりがい生き甲斐が毎日の仕事の経験を積んでいく度にどんどん生まれてくるのである、ここちいいという表現は正しくないかも知れないがそんな毎日がずっと続いているのである、声を大きくして言いたい。

「若者よ、学生達諸君よ、社会人になったら、さあ、行けーッ、間違えたらカジを切れーッ、そして、まーだ半人前だーぁ、先輩から学んでもしもドジッたら素直に謝れーェ、俺も謝るーぅ」と叫びたい、そんな丈二であった。

〔8〕ちょこっと　キムチ

新入社員で最初の配属先が上野アメヤ横丁（通称アメ横）近くの百貨店であった。仕事の内容は百貨店が営業している時間帯に同時並行で外壁の修理や店内のテナントなどの店舗部分を間仕切りして改装などリフォーム工事（営繕工事）をするのであるが、百貨店の定休日を挟んでの前後の日が遅くまでの作業があり、先輩の後ろからくっ付いて行くだけの新米現場監督としての配属であった。

以前から「浦畑のおっちゃんのような大工になる」という子供の頃からの夢でこの松中工務店に就職できたのであったが松中工務店の「工務店」という文字を就職する前、中央工学校の廊下の掲示板に貼り付けてあったたくさんの求人募集で就職会社の入社試験情報を見たとき、単純に「……工務店」と書いてある文字が印象に残って「大工さんの会社だ」と勘違いして入社試験を受けたのがそもそも丈二の世間知らずであったのだ。普通高校を卒業してから建築の専門学校に入学して2年間教室に通っただけで建築という業界をどれだけ知っているかというと全く知らなかったのが本音と思う、その丈二は大工ではなく現場監督の卵になったのである。

郵便はがき

料金受取人払郵便

大阪北局
承認
2424

差出有効期間
2021年12月
1日まで
（切手不要）

553-8790

018

大阪市福島区海老江5-2-2-710

㈱風詠社

愛読者カード係 行

ふりがな お名前		明治 大正 昭和 平成 年生 歳		
ふりがな ご住所	□□□-□□□□			性別 男・女
お電話 番号		ご職業		
E-mail				
書名				
お買上 書店	都道府県 市区郡	書店名	書店	
		ご購入日	年 月 日	

本書をお買い求めになった動機は？
1. 書店店頭で見て　2. インターネット書店で見て
3. 知人にすすめられて　4. ホームページを見て
5. 広告、記事（新聞、雑誌、ポスター等）を見て（新聞、雑誌名　　　　）

風詠社の本をお買い求めいただき誠にありがとうございます。
この愛読者カードは小社出版の企画等に役立たせていただきます。

本書についてのご意見、ご感想をお聞かせください。 ①内容について
②カバー、タイトル、帯について
弊社、及び弊社刊行物に対するご意見、ご感想をお聞かせください。
最近読んでおもしろかった本やこれから読んでみたい本をお教えください。

ご購読雑誌（複数可）	ご購読新聞 新聞

ご協力ありがとうございました。

※お客様の個人情報は、小社からの連絡のみに使用します。社外に提供することは一切ありません。

百貨店の裏道に面した場所にある丈二の勤務する自社のプレハブの工事事務所に初出勤して3日目か4日目だった、夕方5時過ぎ仕事が終わって丈二は通勤するときの服装に作業服を脱いで着替える為、

「着替えするか」と更衣室に行こうとした時、

「元宮くーん、地下の店舗からキムチを買ってきてくれ」の同僚先輩が1000円札を出して、

「はい？」と1000円札を受け取るも、

「キムチって知りませんが」と言ったら、

「地下で聞いて」との事、作業服のまま百貨店の地下1階への階段を降りてすぐ目の前の店舗に居た女の店員さんに、

「すみません、キムチってどこに売っていますか？」と聞いたら、一瞬キョトンとした顔ですぐ笑われて手で、

「ここ、ここ」と目の前の真下を指して陳列してあるキムチを教えられたのだ。

「なんだ」とばかりにキムチって漬物なんだと思って苦笑いしたのだ、なんとキムチ売り場の人に、

「キムチ売り場はどこですか？」と聞いてしまったのであった。

「あのう、キムチって知りませんでした」と言って、

「会社の人にキムチを1000円分買って来いと言われて来ました」

「はい、いいですよ、辛さはどれくらいですか?」の問いに、

「うーん、わからんです」と言ったら、すこし間をおいて、

「あなた九州の人?」

「はい、どうしてわかったんですか?」と聞いたら、ちょっと笑って、

「わからんです、の言葉でわかりました」と。

「???」の丈二に、
店員さんはまた笑いはじめて隣の店の女の店員さんも一緒になって笑っている。

「何か可笑しいですか?」と言葉を告げかけると店員さんは、

「で会社の人は何人いるんですか?」の問いかけに、

「えーと、20代の先輩が1人で30代以上が3人です、男ばかりです」と言ったら、

「じゃあ普通の辛さのものを入れておきます」と包んでくれた。

「ありがとうございます」と返事してペコリと頭を下げ事務所に帰ると、奥の休憩室から、

「流し台で切ってきて」との先輩の指示である、流し台に行くと包丁はすぐ目の前にあったのでキムチを全部取り出して蛇口の水できれいに洗い流して水切りをしたのだ、漬物の感覚で3センチくらいに切って小皿に分けて持って行ったら先輩が、

「これ何、白菜?」と聞かれ、

「キムチです」と胸を張って、さらに続けて、

「辛さはわからなかったので店のお姉さんに普通の辛さにしてもらいました」といったら先輩全員一斉に爆笑である。

「？・？・？・」の真顔の丈二を見て、また爆笑、
先輩の一人が、

「君に頼んだ俺が悪かった、しょうゆを持って来てくれ」

「はい」と返事したもののまだ笑われている理由がわからないでいた。すると先輩が、

「今日はなんとまあ元宮君が酒の肴だな、今後は丈ちゃんと呼ぶかーァ」に、

「はい、いいですよ」と返事したのだ。そのあと酒を一口か二口飲んでから説明を受けてからやっとその意味がわかったのだ。はずかしいというよりは辛いものが苦手な丈二にとっては逆に洗ったキムチの白菜がしょうゆの味付けで違和感がなく美味いと思ったくらいであった。

翌日の仕事が終わった夕方、昨日の事があってまた先輩から1000円札を持たされて、

「今日はキムチではなくてサキイカとかピーナッツとか他のつまみを買ってきて」と言われたので同じように昨日の地下の売り場に行ったのである、昨日の店員さんがニコニコしていたので、

「こんにちは」と挨拶して、

「今日はサキイカとかピーナッツとか買って来いと言われました」と告げたら、

「ああそれだったらと隣のお店で売っているから」

「まーちゃん1000円分酒の肴をまとめて」と隣の店員さんに声をかけてくれたのだ。

隣の店員さんの名前は「まーちゃん」らしいがいろいろ詰めてくれていたらキムチのお姉さんが、

「昨日のキムチの辛さはどうだったですか?」と聞かれたので、

「はい、実はあのキムチを水で洗って切って出したら先輩達に笑われました」と話したらいきなり爆笑である、キムチを知らなかった自分にとって笑われるのは当たり前かな?とも思った、しかし昨日から先輩も売り場の姉さんも爆笑の連続である、笑わない自分がすこし黙っていたらお姉さんが、

「ごめんなさいね」とまたも笑いながら、

「ね、明日も来なさいよっ」ってお願いされたので、

「はい、先輩が1000円くれたら来ます」と返事したらまた大きく笑っていた。

(何でそんなに笑うんだ、おかしくない、笑うな!)と心の中で思っていたのであった。

さらに翌日の仕事が終わった夕方に案の定、先輩が1000円札を出してまた、

「買って来て」のお使いの依頼である、丈二は頭の中は熊本の実家での海苔の仕事をした後の雰囲気を感じていた。それは大人の人達は仕事の後はみんなで酒を飲んでいたから東京

の人達も同じように仕事が終わってからの酒は毎日欠かせないのだろうと社会人新人の丈二は勝手に思い込んでいた。丈二が嬉しかったのは先輩達は酔うまで酒を飲むのではなくあくまで仕事の話が中心だったことだ。

「明日こうしよう」とか「こうでもない」とかであった、横で聞いている丈二にとっては明日のその作業がそのとおりで進んでいくその事が嬉しかったのだった。

今日で酒の肴の買い出しは3回目である、昨日のお姉さんの売り場に行くと嬉しそうなにこにこ顔で、

「はい、1000円分」と大きな袋にたくさんの肴になりそうな商品を見ただけで3000円分以上はありそうな量である、何にも注文しない丈二は、

「これって1000円分ですか?」と聞くと、

「お店のみんなが売れ残ったり試食品だったりの商品を持って来てくれたんですよ」との事、すごいと思った。

「ありがとうございます」と返事して1000円を支払い事務所に戻ったら先輩全員が唖然、

「何この量は?」

「実は一昨日のキムチを水で洗った話をしたら店の人達は大笑いでした、で今日は試食品などを周りのお店の人達が1000円分としてサービスしてくれたんです」と説明すると、

先輩は、

「よし決めた、今後買い出しは丈ちゃんに決まり」と言われたが丈二は逆に嬉しかったのであった。

その後、毎日ではなかったが間をおいて地下1階に行くと店員さん達からは丈二はほとんどの店員さん達より年下なのに「キムチのお兄さん」が自分のあだ名になっていてキムチ売り場の近くはどの店に行ってもすぐ笑われるのが挨拶であった。１０００円買っても必ずおまけが付いてきた、昼間仕事で地下1階を通る時、挨拶すると、

「夕方来なさいよ」と店員さんに声を掛けられる丈二であった。

毎日「仕事が楽しい」って感じて過ごしている。

「職場の先輩達ありがとう」でも辛いキムチはまだ慣れずにいた、カレーも甘口で頑張っても、

「ちょい辛」くらいまでで、サキイカやセロリなどのお皿の隅のマヨネーズに振りかけてある一味や七味は好きであるが刺身のわさびは、

「ちょっとはいいです」なのだ、時々子供の舌と笑われるが、辛さに舌が慣れないのだ。

「辛いのが好き」は異常で、

「辛くないのが普通」と思う丈二である。

笑わないでくださいね、なのだ。

(9) ちょこっと　うまかーぁ、太かーぁ、安かーぁ

百貨店の店舗の改造工事の内容が営繕工事といってもわからなかった。上野の所長は他のビルの新築の現場の所長も兼ねていたが部下が所長をしている新築現場もあった。丈二の先輩上司の社員含めて17人程が勤務していた。

日本経済がどんな成長しているとか20歳の丈二には実感が無くわからないが火曜日の百貨店の定休日の前日の月曜日の夜の残業は当たり前で徹夜仕事であり丈二は社会経験が浅いので深夜残業だろうが、これが社会の仕事なのだと思っていた。仕事をする事自体が当たり前であると思っていたので、ましてや故郷の熊本での有明海の冬場の海苔の仕事に比べればきついとか寒いとかは全く感じなかった。逆に作業服や安全靴、安全帽を貸与してもらって残業の日は残業飯は出してもらえて給与には残業手当は貰えるし、社会人として働いている人からすれば普通かもしれないが丈二にすればこんなにも嬉しいことはなく毎日張り切っての生活である。

百貨店の建物全体を足場で覆って外壁のタイルの浮いている落下しそうな個所を補修したり窓を新しいサッシに交換する作業であったが、自分にとっては7階建の百貨店の大規模な

建物を全部足場で囲うことなど初めてで新鮮で同時に緊張した気持ちに張りがあった。自分に与えられた仕事の担当は足場材の本数の搬入や搬出の確認管理であった、その足場材の水平部材や垂直部材、斜めの部材、階段部材いろいろ覚えるのがたくさんあったが連日限られた同じ部材だった為、それぞれの部材の記号はすぐ覚えることができた。現場へ搬入した数量と搬出した数量が合えばいいのであるが数量が多い為走りまわっていた。間違い易いのがクレーンで種類の違う足場材を束にして数本をまとめてトラックに積み込む時である、1本ずつ種類ごと数えなければ合わないのだ。一生けんめい数えていたらトラックの運転手さんと仲良くなったのであった、積む時にトラックの運転手さんと気心が合わないと数字が合わない時があるので嬉しかったのだった、さらにこの時現場用語を覚えたのだ。

「ゴヘイ、ゴヘイ」と言ったりまたすぐに、

「スラー、スラー」と言って合図している鳶さんの言葉に現場用語?なのか、後で聞いたら「スラー」とはクレーンで吊り上げた資材を「下ろせ」という合図で「ゴヘイ」は「上げろ」という合図である、これらの言葉を聞く時の毎日の仕事やそのものの毎日が新鮮だから面白くて楽しくてしょうがないのである、しかし先輩上司から、

「丈君、合図は自分ではするな」ときつく言われていた、それは合図する人が別々だと事故を起こしやすいとの事、それとクレーン作業に従事する人達は資材を吊る時に国家資格である玉掛作業主任者の免許を持っていなければならないと教えられたのですぐ理解した丈二

であった。玉掛作業主任者免許は丈二は持っていなかったが吊るした荷物や資材が落下しないように安全作業をする為資格を持つとの事であった、休日前の土曜日は仕事が終わった後に駅のすぐ近くの居酒屋で誰かの誘いで飲み方が始まるのがまた楽しみであった。

「元宮くんは新入社員だからまだ安月給だろ?」と言われながら先輩達に奢ってもらったが本音は、

「就職した自分と同じく卒業した高校の同級生達に比べるといい方だけど」と言いたかったが奢ってもらうので、

「ニッ」と笑い返して黙っていた。しかしこの自分の周りの先輩達は何と優しい人達ばかりなのであろうか、会社に入る前の学生だった時から比べればもうそれだけで感謝であり、有難いことであった。もう1つ恵まれた事があった、それは先輩達の中に鹿児島出身と宮崎出身の先輩が2人おられたので熊本の言葉を丸出しでも気持ちが凹むどころか全く気にせず故郷の言葉を出しても楽しくてまたまた楽しくてであった。丈二からすれば建築に使う道具や材料の名前もわからない、ましてや大工さん、鳶さん、鉄筋屋さん、左官屋さん、ガラス屋さん、サッシ屋さん、ペンキ屋さん、クロス屋さん、ハツリ屋さん、シャッター屋さん、運送屋さん、エレベーター屋さん、電気屋さん、水道屋さん、防水屋さん、空調屋さん、防災屋さん……もう無限に職人さんがいるような感じである、普通に言う土方（どかた）という呼び方はしなく土工と表現したり人夫さんという呼び方なのである。丈二にすればキリが

ないほどたくさんの職人さん達が毎日出入りしているのであるが、この職人さん達としゃべるのは先輩達のおかげでつい自分の故郷の言葉が出てもよかったのであった、職人さん達も日本全国からの地方出身者が多く熊本の言葉が出た時は逆に気心がお互いにわかってすぐに笑いが出るのであった。

「手が空いたら現場の職人さんの手伝いをして仕事を早く覚えなさい」と所長に言われていたのですぐ目の前の職人さんに手を貸したのであった、仮枠大工さんがベニヤ板を切っていたのでベニヤ板の端っこを握ると、

「おっ、丈ちゃん、ちょっと握っていてくれ」と頼まれて楽しかったのである、さらに左官さんが砂にセメントを入れてモルタルを手練りしているところに行くとすぐ左官さんが使っている鍬を奪ったように取って手伝いをする丈二であったのだ、左官さんから、

「丈ちゃん、ちょっと甘くするからその柄杓に2杯セメン粉（セメント）を入れて」と頼まれると砂の中にセメントを継ぎ足す丈二であるが継ぎ足してから、

「食わんのに何で甘くするって言うの？」と聞くと、左官さんも丈二が新入りの社員だから丁寧に教えてくれるのである。

「うん、セメントの量を多く入れることを甘いと表現するんだ」

「へぇー、苦くするは無いんだ」と言うと、

「うん、無い」と言う左官さんである、常にそんな感じなのである、半年もするとあちこ

ちから監督さんと呼ばれずに「丈ちゃん」と呼ばれて現場の人気者になっていた。

職場内はこの「…ちゃん」というちゃん付けの呼び方が丈二は好きになっていた。例えば田中さんは「ナカちゃん」、佐藤さんは「サトちゃん」、神林さんは「カンちゃん」といった呼び方でなんとなく雰囲気がなごやかになるのである。

仕事は楽しかったがもう1つ感動したのが食べ物であった、種類の多い焼き鳥と串揚げでこんなにも美味いと思ったことはなかった。学生時代のカツ丼も美味いと思っていたが、幼少時代から山の幸もあったが多くは海の幸の食材で育った丈二にとっては東京での肉料理がとにかく珍しく美味いと思った、焼き肉やすき焼きは味を知っていたので美味いというのはわかっていたが初めてホルモンの味噌煮込みを口に入れた途端に、

「うまかーっ」の第一声に先輩達が大笑いするのだ、さらに大きな串カツに、

「太かーぁ」でまた大笑い、焼鳥の串が30円～50円にまた、

「安かーぁ」で爆笑オンパレードなのだ。九州出身の先輩の2人と共に毎回毎回笑いの集まりになっていた。仕事を一生懸命に動いて働いた後の飲み会は丈二にとって最高の社会人生活であった、だから給料を生活費以外を全部使ってしまっても悔やまない生活であった。

そんな毎日の仕事でしばらく休みなしの日が続いたがきついと思ったことは一度もなかった、とにかく職場に行くのが楽しいのである。

ご飯は昼の中華食堂、とんかつ屋さん、蕎麦屋さん、残業の時のチラシ寿司や焼肉定食な

ど何を食っても美味いのだ。

歳が20代前半である、どこに行ってもどんな料理でも何でも美味いのである、その都度丈二の口癖は、

「うまかーぁ」、「太かーぁ」、「安かーぁ」である。特に九州出身の両先輩には言葉のわかりやすさでその他の先輩達の顔色をも見ながら仕事をするという感じは微塵も無かった、安心という気楽さで先輩達に対するカベが有るという気は全く無くて仕事のやりがいを感じて常に素直に聞いてまっすぐ動けた丈二であった。

会社員になって初めての社員旅行は伊豆半島の下田であった。土産店の店先でサザエの壺焼きを味わった時は、

「あー、実家の有明海のニシ貝やツベタ貝と同じだ」と味が似ている為、特に珍しくはなかった。

集まって食べる時は決まって食べ物の話になるのである、丈二は恵まれていた、そして運も付いていた、海産物で実家の話になった時、海産物で特に聞いたことが無いイソギンチャクの味噌煮の話をしたのである、丈二にとってはごく普通の生活であった事を喋ればいいのであった、それはイソギンチャックを人生で初めて自分で採ってきて売ってお金になった。丈二が小学生高学年の頃、兄《あん》ちゃんと2人で干潮の時、干潟の砂面に小さくなってしぼんでいるイソギンチャクを採るのである、長い棒の先に太い3本の鉄筋状の尖った金具が付いて

いてこれをイソギンチャクの横に差し入れテコの原理でこねあげて採るのだ、この時イソギンチャクは必ず自らの身を固定して動かないよう足の部分の底を貝殻に固定しているのでその貝殻を取り除き竹籠に入れて満杯になったら売りに行くのである。焼肉屋さんで焼いて食べる子袋という食材の感覚に似ている食感である、これが美味いのである、さすがにムツゴロウは食えなかった、さらに、

「夏場の牡蠣やバカ貝の刺身は食うな！」とか、

「タコの足の先端は食うな」であった、いろいろ父ちゃんや母ちゃんから教えられながらも海産物がたくさん生息する有明海からの魚介類の恵みがあった事の話題を建築にまだ不慣れな丈二の話に都会の人達には新鮮に聞こえたのかもしれない、食べる話の時が一番共通の話題になるのですぐに周りの人達と仲良くなれたのは嬉しかった、丈二にとってはいつも、

「嬉しかーァ」である。父ちゃんと母ちゃんそして兄《あん》ちゃんに感謝である、社会人になって、

「うまかーぁ、太かーぁ、安かーぁ」で東京の食べ物は美味いと思ったのであった。

⑽　ちょこっと　餃子

丈二は高校を卒業するまで食卓の上に毎日と言っていいほど有明海からの魚や貝類がおかずとして出ていたのを覚えているが、しかし魚の刺身をご飯のおかずとしての考えは全くなくて、子供の丈二には、

「刺身は『しゃー（おかずの事）』にならんもーん」とただ食べるだけの刺身であった。子供の丈二にとってお酒は飲めないから刺身は食べるだけだから当たり前である。おそらく兄《あん》ちゃんも同じだったと思う、大人には酒の肴になったであろうが、海苔を生産している丈二の家では魚の切り身が乗っている握り寿司というものは見たことも食べた事もなく、寿司と言ったら母ちゃんが作ってくれる三角形の揚げに混ぜご飯を詰めた稲荷寿司であり、冬から春先までに時々家で作る海苔で巻いたいわゆる太巻きの巻き寿司である。

また肉類では牛肉や豚肉も食べた事が無く、高校生になった時に精肉店を経営している同級生の家で生まれて初めてすき焼きや焼き肉を食った時は実に美味かったこと、お返しに自分の家から海苔を持って行った事を覚えている、ちょっとした物々交換であった。

その後上京して覚えたというより自炊生活の時に栄養偏食で体調を崩した時に病院の先生

と看護婦さんから指導をうけてから栄養を取るために生まれて初めて食べたのが納豆であった。そして餃子もその1つであった。20歳で社会人になってすぐ知ったというより食べたのが握り寿司、ちらし寿司であるが有明海の魚の鮮度を味わって感じていた舌が、「鮮度が今ひとつかな?」と思わせたのかもしれなかったが、まだ20歳になってそこそこで美味いとか不味いとかを見分けるなどまず出来なかったのが事実である、だから美味いという感覚の前にとにかく腹を満たせばいいと思っていたのであった。キムチ、唐揚、牛丼、メンチカツ、ホルモン煮込み、冷やし中華、あんまん、豚まん、シュウマイ、酢豚、焼肉店での酢味噌で食う豚足とユッケビビンバが特に美味かった、昼は豚カツや回鍋肉（ホイコーロ）の定食とたくさんの料理が身の回りにあったがその料理の全部が全部美味かったのである。

「東京って初めて味わう料理が多くとにかく美味いものだらけだな」と思ったのである。ただ時々行く寿司店の握りには美味いと思えないのだ、美味いという先輩の舌の感覚についていけないのだ、自分の周りは皆年上の人ばかりであったので感情を出せないでいた。故郷で小さい時から食べていた刺身はコノシロが一番美味いと思っていたのでそれ以上の美味い刺身にまだ出会わないのだ、マグロやカンパチも美味いと思うがコリコリ感はその日に獲れたコノシロの方が断然美味いと感じていた、しかし一晩経ってからのコノシロはこんなにも不味いのかというほど骨が硬くなって食えないのである。丈二の舌の美味いか不味いかの感覚の定義はそのコリコリ感であり刺身についてはどの魚が美味いのかまだわからないままなのである。

体が若いからたくさん食っても体が代謝するから、要は偏食しないように高い食材より安い食べ物をいろいろ腹一杯に食えたらいいと思っている。

しかし身近にたくさんある料理のなかで「餃子」という漢字を読めなかったのである。職場の人達と一緒に餃子は食べてはいたが丈二自身が注文した餃子ではない為に読めないままでいたのだ、中華料理店やラーメン屋さんの店に入ると壁に掛けてある短冊のメニューに「餃子」という文字が書いてあるのに注文出来ないのである、だからメニューに「餃子」と漢字で書いてある店では他の客が餃子を食べているのに何故かずっと不安があって読めないためにカタカナで表示してある短冊を捜しても無い為に餃子を注文出来ずにいたのだ、注文する勇気がなかったのかもしれない、社会人になってから漢字での表示の店に先に入ったのでカタカナで「ギョーザ」と書いてある店には何度か入ったかもしれないが社会人となってまだ日が浅かったのでたくさんの店に行っていなかったのである。いつも利用するお店は職場周辺の食堂や百貨店の中のお店に限られていたのであった。餃子の読み方がギョーザという読み方なのにわからないで読めないだけの丈二だったのだ。

その注文できない理由は、以前ある晩に上野駅の近くでオールナイトの映画を見て夜中の3時過ぎに映画館を出たらいい臭いがしたのだ、歩いてすぐのところにおでんの屋台《やたい》

入ったのだ、食い気が先になり、

「いくらですか?」と聞きもしないですぐにゆで卵1個とホタテ貝を2個注文して食ったのである、そしてはじめて、

「いくらですか?」と聞いたのであった、その勘定に若いご主人が、

「ゆで卵が300円でホタテが1500円の2個で3000円で合計が3300円です」

とちょっとドスの効いたような声で言われた時、

「えーぇ」と驚いて、

「ホタテ1個1500円ですか?」と聞き返すも、

「そうだよ、兄ちゃん」の低い声の返事にそれ以上は何にも言えずに財布に1万円くらい入っていたのでひとまず支払いが出来て内心ホッとして良かったのだったが、金額を確かめずに注文した丈二は、

「しまった」と思うも後の祭りであった。つい数年前、実家で兄《あん》ちゃんと有明海から採ってきたタテ貝（タイラギ）を母ちゃんに捌いてもらって大皿に山盛りのタテ貝の貝柱のみの刺身をムシャムシャ食っていた感覚を思い出していた。見た目がホタテの貝柱とタテ貝の貝柱とがそっくりであったのでついそんなに高価なものと思わなかったのだ、東京という都会と熊本の実家での感覚が大きく違っていたのだ、そのホタテみたいに高額を払わなければならないかもという怖さがあったので「餃子」という漢字を読めないで頼めなかったのである。

1つのトラウマであった。

しかし給料日のある日の晩に財布には3万円くらい入れていたのだ、思い切ってラーメン屋さんでラーメンとチャーハンとビールにそして餃子を頼んだのである、丈二にとっては真剣であった。餃子以外はメニューの短冊に価格が書いてあるが「餃子」は読めないのでいくらなのかがわからないが「3万円あるから大丈夫だろう？」と支払った後で引き算すればわかると思って価格の書いてある伝票をテーブルに置く店ではなかったのでメモ用紙をポケットに用意して餃子以外の価格をメモしていたのである、合計の支払いを緊張した気持ちで済ませたらそんなに高くなかったのだった、店を出て逆計算をしたら餃子は200円であったのだ、

「なーんだ、200円かー」とホッとしながらも店を出た。外だったので「餃子」という文字が読めない為に200円のどの短冊が「餃子」の200円なのかまでは確認しないでいた。だから金額はわかっていてもどの漢字が「餃子」なのかまだ読めないままなのであった。その後もずっとわからないままで過ごしていた、しかも何回もその店には行ってその度に餃子を頼んでいたのであった。200円とわかっていたので安心して注文できたのであった。味が美味いか不味いかは二の次でいつも腹を空かしての注文だったので美味い味であった。店主や店員さんにちょっと聞けば済む事なのにである、しかし餃子の価格が200円だとわかると漢字がどれなのかを読めないでも気にならなくなっていたのだった、気にもして

いなかった「餃子」という漢字が読めるようになったのは教えてもらったのではなく2年くらい後で他の店の店員さんからであった。それはテーブルの上のビールと餃子のみを注文した時の店員さんが手書きでカタカナ文字で「ビール」に「餃子」と漢字で書いたレシートが目に入ったのであった、丈二は「あー」と思った。「餃子」という漢字が「ギョーザ」と読む事に理解したのであった。21歳を過ぎて大人になってまもない丈二は人生経験が浅く簡単な事が聞けないのであった。

「聞けばいいじゃないか」と言われるかもしれないが、その聞きたいこと自体が無いので何なのかがわからないのである。

「わからない」ってそんな事かなと思う、丈二はそんな自分を、

「わかって下さい」である。

そして一言、まだ不味い餃子に出合った事が無い丈二なのだ。

「餃子はうまかーァ」であった。

(11) ちょこっと　お歳暮

新入社員として1年目、工事している場所の売り場の責任者の人達や店員さんとはすぐ顔見知りになって、半年も経たないうちに全階ではないが、ここの責任者は誰々とわかるようになっていた、ある日、上司の主任から感謝の意を込めてお歳暮の挨拶担当は、

「一番若い丈ちゃん、やってくれ」と役割をさせられたのだ。そのお歳暮の品を見てとても恥ずかしいと思ったのは中身がパンティーストッキングだったのだ。丈二にはパンティーとしか思えなかったのであった。

百貨店から購入してその同じ百貨店で工事している店舗の責任者や社員の皆さんにお歳暮である、仕事だからしょうがないとそれ以上は考えない事にしたもののすぐ上の先輩からはうらやましいと言われたが丈二にそんな余裕はなかった。顔を真っ赤にして持って行ったのであった、なぜならばパンティーストッキングは何が何でもパンティという下着という考えが離れないでいたのだ、持って行った時の言葉は、

「会社からです」と自分の行動ではないと表現したかったのだ、頭を下げて精いっぱいで

あった、各店舗の責任者や社員の女性達は喜んでいたような気がするが相手の顔を見ることの余裕など無く恥ずかしい気持がどうしても先行した。

時は同じくしてテレビではイギリスから来日したモデルのツイッギーという人が小枝の妖精といわれて体型が細く足が長くミニスカートが似合い人気であった。昭和40年代の半ば大都会東京の街中を歩いてこのミニスカートが似合う女性を探さないといないほどであった、足はそう長いとはいえない日本の女性歌手達が競ってミニスカート姿でテレビに出ていたが日本人の女性でスカートがヒザ上15センチとか20センチとかが似合う足の長い体型の人が少なかったと思う、ミニスカートがいつ流行したかは覚えていないが冬のファッションはロングのコートで身を隠してコートを脱ぐと中にはミニスカートである、このギャップが自分達男にはたまらなかったのである。

畳の床がフロアー板の室内になったり膝を崩して座ったり、布団の寝床からイスやベッドの生活になり膝の負担がなくなり栄養のある食生活などにより体型が変わってきて足の長い女性が段々増え始めてミニスカートを身に付ける女性達のファッションはすたれないのである。パンティーストッキングを丈二が作業服を着たまま持って行ったので店の人達は自分の事を覚えているので何とも思わないのであろうがこれが百貨店でなく他の所でたとえ知っている男の人でも「会社からです」と言ってスーツ姿で持って行ったとしても変な男とあるいは変態?と思われたと思う。丈二の考えすぎであろうか、中身の品物がパンティーストッキングなのである、1年2年3年と過ぎていくうちに街中にミニスカートの女性がなんと多いことか、時代と空気を読まないと自分の人生が大きく崩れていくと思う。しかしその空気を読む力が全く無いわけではないが時と場合には読めない時がある事は確かである、すべて合わせることは無理であり難しい事と思う、まあ下を見ないで上を見ながら生きることにしよう。

お歳暮はそのものが高価ではなく持っていく人の気持ちが十分に伝わる品物が一番と思う丈二であった。

しかしこのパンティーストッキングのお歳暮は恥ずかしかったのは事実であった。

(12) ちょこっと　所長の隣

新入社員として半年以上経過するともう新入社員の感じはなく親友社員の雰囲気であった、それは丈二の事を周りから「丈ちゃん」と呼ばれるようになってからなのか、九州出身の先輩が2人もいたので時々熊本の方言が出ても恥ずかしいというより笑いが出る感じで周りの人達に気を遣う必要がなく、秋田や新潟、山形の東北出身が3人で山陰出身、神奈川、千葉、埼玉、栃木から各1人と地方出身の人達ばかりで東京出身が1人もいないのである、それを知った時安心したのかいつでもどこでも熊本弁?混じりで積極的にしゃべれるようになっていた。

ある時、先輩が担当している7階建のビルの上棟式のお祝いを「料理屋さんでやろう」と決まってその料理屋さんのお座敷に入った時、先輩達がなかなか上座に座った所長の隣の席に座りたがらない雰囲気があった。見かねて、

「自分が所長の横に座ってもいいですか?」と先輩に言ったら、

「よくぞ言ってくれた」とばかりに、

「所長、丈ちゃんを隣にいいですか?」の先輩の言葉に、

「おう、いいぞ」と所長は気分よく座布団を引き寄せてすぐ座れとばかりに手招きである、ぺこりと頭を下げて座ったのである、それまで所長の管轄現場数がたくさん有った為、それぞれの現場の上棟式、完成祝い、新築祝い、慰安旅行、花見とたくさんの会合がある度に所長は膳の食べものをちょっと食べて残りは箸をつけずにいつも余っていたので丈二は「もったいないのに」といつも気になっていたのだった。20代前半の食い盛りの丈二は食い意地が張っていた田舎者なのかもしれないが初めて口にする料理が実に美味かったのだ。東京という場所がそう感じさせたのかもしれない、つい数年前の学生の時はインスタントラーメンや決まった定食を多く食べていたので食べ物に敏感になっていた丈二であったが所長の隣に座り、すぐに、

「所長、私は酒ばっかり連続しては飲めません、肴とか食うものが無いと飲めませんので所長が残す食材は何ですか?」と目の前の膳を指しながら言うと、

「うん、これと、これと……」でほとんどである、自分が思っていた想像より沢山であったので、

「所長ッ!」と言うと、

「まあまあ」と言う所長をますます好きになったのである。

「所長、小さい頃、父ちゃんというか父親がよく言っていました」

「何と?」

「はい、美味いものは少人数で、仕事は大人数でと」

「そうか丈ちゃんのお父さんはすごい人だな」

「所長、父が何故すごい人って言えるんですか？」と問いかけると、

「いや俺が言っているのは丈ちゃん自身が今でもお父さんの言葉をそうして忘れずに覚えていてくれている事に対して父親として丈ちゃんという子供にそれだけ影響力のあるすごい人だなと感じているんだ」

「？？？、そうですか、ただ理屈を言っていただけと思っていましたが……」

所長はさらに、

「丈ちゃん、もうちょっと後で先輩達の年齢になったらその理屈がわかってくると思うよ」

と言われて丈二は返事に詰まってしまったので膳の魚の煮付けに食い付いた、美味いと思った。

「所長この魚美味いです」と返事にならない言葉を掛けたのだった。

所長の隣に座った結果もう1つ嬉しい事が付いてきた、最初は所長の食べ残しを頂く計算であったが座ってから気が付いたのだ、それはお座敷での宴会はかならずおかみさんから最初にお酌を受けるのが所長である、次にお酌してもらうのが隣に座っている自分である、気分が悪いわけがないのである。丈二は所長より飲む方なのでたくさんお酌してもらってなおさらである、所長の隣に座るようになってからいつの間にか所長のカバン持ちの役が自分に

なったのだ、それまで事務担当の先輩がカバン持ちであったが解放されてホッとして自分に感謝されたのであった。いつも1次会で退席する所長である、その所長が帰りのタクシーに乗った後は緊張が無くなって酔いが早くなっていた感じであったが、カバンを持つようになってからは沢山は飲まずに酔い過ぎないように心掛けた、所長を好きになって尚且つ仕事も好きになって先輩達や周りの人達が優しくてその人達も好きになって毎日の仕事が楽しくてしょうがないのである。

勤務地が百貨店である、当然綺麗な店員さんもたくさんいる、100人以上は完全に超えていたと思う。半年くらい経過したある日の土曜日の夕方仕事が終わってから所長に「付き合え」と言われてカバンを持たされたのだった。

所長の後について行ったのだ、上野の広小路の目の前が広い道路でビルの7階である、初めて入る店内での生演奏のピアノの音が心地いいのだ。薄暗いバーというより仕事の帰りに静かな雰囲気でちょっとお酒をたしなむというか、道路に面した窓が大きく上野の夜のネオンの灯りもあったが、その向こうの浅草や両国付近までの夜景が見えるのだ、眺望スポットでもある、席に座ると気が付いたが女性が居ないのである、丈二は、

「へーェ、こんな店もあるんだ」と思った、ちょっと間を置いて所長は、

「どうだ、今の仕事は?」

「はい、面白いです、今日は鳶さんに足場の向こうから『ロク』を見てくれんか」と言わ

れて、

「はあー？　ロクッて何ですか？」と聞き返して、

「『足場の水平を見てくれ』との事で毎日が勉強です」と答えたのである。

「仕事が面白そうだな、実は丈ちゃんにこれだけ言っておきたい事があるんだ」と改まったような感じで、

「何ですか？」と問いかけた丈二に、

「うん、実は今の職場は丈ちゃんも知っているように百貨店で綺麗な店員さんがたくさんいる」

「はい」

「そこでそのすべての店員さんは商品と思って恋愛感情を待たないで仕事をして欲しいんだ」

「いやーぁ、自分はそんなにモテないですよ」

「いや必ず1人や2人店員さんの方から丈ちゃんに言い寄って来る場合があるんだ、若い時ってそういうもんだと思っている、仕事の取引先だからこれだけは厳重に守って欲しい」

所長のお願いには何となく重みを感じた丈二であったがそれは所長からというより会社からの指示命令のような気がしたのであった。

「はい、わかりました」と返事すると、

「いや、もしもだけど結婚の目的で付き合うなら別だからね」

「はい、わかりました」と返事したのであった。

いつの日か外商課や営繕課、販売促進課の課長さん達やテナントの責任者の人達から「元さん」や「元君」と呼ばれて、

「気に入った女性がいたら言いなさい、紹介してあげるから」と声をかけてもらえるようになっていたのだ。作業服の上着の名札の苗字が「元宮」とだけ書いて下の丈二という名前は無かったので下の名前で呼ばれるという事はなかったが、丈二は周りの人達に、

「店員さんは商品ですから」と言えないのだ、所長からの命令は絶対と思って自分なりの線引きを作って仕事をしていた。

「ありがとうございます」と返事するのが精一杯なのだ。作業する店舗は百貨店の定休日の前の日の営業が終わってからその店舗を区画し他の売場に迷惑や障害にならないように仮囲いをするのである。各店舗が営業している横の仮囲いの中で作業している為どうしても出入りのたびに店員さんに会釈みたいに挨拶しながらである。綺麗な店員さんがいたら気にならない方がおかしいのだが所長を裏切る事になるので丈二は自分の感情は押さえて仕事していたのであった。

ある日兄《あん》ちゃんから電話があって実家の爺ちゃんが亡くなった事を知ったのだ。

「兄《あん》ちゃん、帰れんからよく言っといて」と葬式には出ない旨伝言したのであった。毎月

の給料を貯金はせずに月末には使い果たしていた為、通帳の残高が少なく東京から熊本までの往復の交通費が無くて事務所の人に言えなかったのだ。それが翌々日実家から事務所への連絡でわかったのである。上司の主任からこっぴどく怒られたのだ、それも烈火の如くだったのだ。通帳に預金が無かった事と身内の不幸を黙っていた事で怒られたのであった。それ以降預金額が20万円になるまで通帳と印鑑は事務所預かりになり、

「給料の半分は預金に回せ」の主任の指示があり、通帳を経理のマコさんが持っていてくれたのであった。給料日の前まで全部使っていた生活が変わったのである、所長と主任の指示でマコさんに毎月銀行に行って引き落としをしてもらっていたのでそのたびに感謝であった。

それ以降食事の隣に座った時はいつも、

「今通帳のお金はいくらになった?」と聞かれる事が多くなったのであった。

「はい、今6万円あります」とか、

「はい、10万円あります」と返事していた。そのたびに早く20万円貯めようと心に戒めながらの食事であった。

丈二は周りの先輩達から自分の通帳が見透かされていたので1年間を待たずに20万円を貯めることができたのであったが、自分ではなく所長以下事務所の人達が貯めさせてくれたのであった。

20万円貯めた後の生活はその20万円がよほどの事情が無い限り使えない金額になっていたのであった。

「感謝しています、所長、主任や先輩の皆さん、それと一番感謝しないといけないのが銀行へ行ったり来たりして頂いた経理のマコさん、ありがとうの感謝の言葉しかありません……」

しかし本音はもう少し使いたかったです。

⒀ちょこっと　芳香剤

入社3年目の頃、丈二の故郷熊本の百貨店で火災が発生したのだ。現場に先輩が急ぎ足で来た。

「丈ちゃん、熊本の百貨店が火事で今実況放送しているから事務所でテレビを見て」と伝言である、急遽事務所に行くと所長以下数人がテレビの画面を見ていたのだった。

「今日の仕事は安全を確認したら中止していいからテレビを見るように」との所長の命令である、午後はずっとテレビを見ていた、丈二の仕事場としての現場は火事になっている熊本の百貨店と同じなのだ、東京上野という場所の百貨店で仕事をしているのだ。熊本の百貨店の火災は何が原因で火事になっているのか、お客さんや従業員の人達は救助されているのか、テレビの画面のみが情報である、先輩達と共に食い入るように見つめていた、百貨店火災の大惨事である。翌日の熊本のその大惨事のニュースは新聞に大きく載っていたのであったが、今丈二は自分の現場の安全第一が優先しているのだ、翌日の朝礼は火災事故の未然防止の安全第一の話であった。

熊本の百貨店の火災事故から数か月後に丈二の居る百貨店の防災工事が始まったのであった、先輩達が増員されて店舗の売り場の天井下地が木造の為、軽量鉄骨下地に交換する工事に、さらに火災が発生した時のスプリンクラー設置や防火区画シャッター工事などが急遽決まって現場事務所も慌ただしくなったのであった。丈二の担当は女子休憩室の防火戸を含む模様替え工事に決まったのであった、百貨店だからおのずと女子社員が大部分を占めている、上司から、

「丈ちゃん4階の女子休憩室の現在の寸法を測って平面図を書いてくれんか」であった。

「はい、わかりました」と返事して営業時間内であったが休憩室の扉を開けた途端にすごい匂いで「うッ」と絶句したのだ、女性ばかりの休憩所とはわかっていたもののこんなにも匂いがきついとはわからなかった、匂いが臭く感じるのだ、女性達が各人身に沁み込むような香水や化粧品というかタバコの匂いと共に全体がごちゃ混ぜになって香りというより悪臭なのだ、室内に7～8人居たであろうか、全員に自分が見つめられている気がした、ましてや女子休憩室は男子出入り禁止である。視線を集めている丈二は、手前で休憩している店員さんに、

「今すぐではないのですが、今度この休憩室の模様替えしますのでその準備で測りに来ました」と大きな声で挨拶をして巻き尺で測りメモ用紙に鉛筆を持つも落ち着かないのだ。

「俺はヒーローではない、そんなに見つめないでくれ」とばかりに息を止め止め急いだも

のの店員さん達の視線と匂いに我慢できずに半分測って休憩室から逃げ出したのだ。

事務所に帰って上司に、

「あの匂いはものすごいです、閉店後に再度測らせて下さい」とお願いしたらＯＫが出たので安心した、しかし丈二は、

「職場の百貨店の女性は商品だから恋愛感情になるような行動は慎むように」という所長の言葉が無かったらおそらくまた休憩室に行って店員さん達に、

「閉店後にまた測りに来ますので貴重品は持って帰ってくださいね」とばかりに自分に気を向けさせるいわゆる「ええカッコしい」の行動になっていたのかもしれない。しかし丈二にはそういう行動は微塵もなかったのだった、たしかに白系のワイシャツにネクタイでの作業服や革靴はきれいで汚れてもいない、保安帽のヘルメットもなく店舗の責任者と話をしたり、売り場を通る時はヘルメットは被らないで持っているだけ、それだけでも24歳の若い監督なのだ、休憩室での女性達店員さんからすれば「監督さん」なのである、視線を外さないはずである。

欧米人が好きな香りを髪や肩、首筋に振り掛けて自分の体臭を消す為に開発したのが香水の始まりと先輩が言っていた、レモンやライムの香り、ローズマリーやサフラン系、

「ああいい香りね」とまで匂いをわかるような言葉で言い表すテレビのコマーシャルどお

りに室内に置いたり掛けたりの芳香剤、その芳香剤も場所によっては室内に充満するのでできつい香りに感じる時がある。

芳香剤と香水はどこが違うのか、丈二はそこまで追及はしない、しかしさらに時間をかけて開発されたと思われる消臭剤という無臭剤で消していく、なんかいい香りを出して片方ではその香りをどんどん吸い取って消していく。

「ん？　何かおかしい？」と感じる丈二である。

百貨店の1階はその百貨店の顔であると聞いたことがある、しかしその階下の地下に行けばデパ地下と言われるように食料品売り場があって中でもタクアンやキムチなどの漬物類でごちゃごちゃ混ざり合った臭いが充満している。

丈二が子供の頃はガソリンの匂いが好きで車の跡を走って追っかけて行った経験がある。都会に行けば排気ガスの臭いが嫌いとか、海に行けば磯の香りがいい、山に行けば新緑の香りがいい、温泉地に行けば硫黄の香り、稲刈り後や草原の草刈り後の草の匂いがいい、大工さんがヒノキの木をカンナかけした時のヒノキの匂いがいい、キュウリやトマトの青臭い匂いがいいという人と嫌いと言う人、焼き鳥、うなぎ、天ぷらなどの煙や匂いで嗅覚に訴えかけてこれに引き付けられる人、タバコの匂いが好きと言う人と嫌いな人、新聞のページを開いた直後の匂いがいい、コーヒーや日本茶の入れたての匂いがいい、焼き立てのパンの臭いがいいとか、変わった人では汗の匂いがいいと言う人も、お父さんの匂いやお母さんの匂いが好きだとも、匂いというのは臭うのか香るのか自分の周りというか社会には限りないほどたくさんの匂いや香りがある。匂いや香りを感じながら育った環境がそうさせるのか、鼻からの感じで評価するのかまちまちでありいい匂いと嫌な匂いとの境界や正解は無いと思う。

丈二は故郷の百貨店の火災の惨状が、たまたま時を同じくして勤務していた百貨店の天井のスプリンクラー工事や休憩室の防災工事の急務などに繋がったと思うが世の中のすべての出来事が回りくねりながらも繋がっている感じがしてならないのであった。

匂いに関しては世の中の植物達は移動する事が出来ず自らの花に受粉が自らできないので他の虫や動物達に香りや匂いで引き寄せて蜜や果実というおいしいご馳走を提供しているのである。その代わりに受粉してもらい甘く熟した実を種と共に食べてもらってその種をフンという排せつで遠くまで運搬してもらって子孫を拡げる手段という現実を考えれば植物達は理に適った方法をとっているのである。人には嫌な匂いでも理解してあげる事も大事かなとわからないでもない。

「香りや香水がきつい人はとても」と丈二は思うのであった。

しばらくして丈二は思った、

「しかし休憩室の匂いにはまーだ慣れませーん、消臭剤が欲しーい」と。

防災工事が終っても各階の店舗改装、リフォーム工事はずっと続くだろうなと思っていた。

⑭ ちょこっと　餅搗き

「次の現場はここだよ」って所長から渡された会社の人事部から配属指示の辞令書をもらったのである。皇居の近くで竹橋駅から歩いて数分の場所で建物は鉄骨を含む柱4本の8階建の貸しビルで新築の現場担当であった。今までの所長ではなく部下の主任が新しい所長になりその下でもう1人先輩の監督と自分と男の経理の人が1人の4人体制である。

工事中ではなく基礎工事からの新築だったので現場監督として嬉しかった。それは8階建でも4本の柱なのでミニ高層ビルの感じがしたのであり、まだ地鎮祭の鍬入れしていない新築現場の最初からの工事は丈二は経験がなくそれぞれのプロ職人が技を駆使しての現場作業の監督でその経験ができるのであり想像するだけで気持ちはワクワクであった。

柱4本の下の方の基礎杭である直径3メートル弱の円形の深さ20数メートル下の砂利の礫層に支持させる為に4組の班別に分かれて掘削作業の競争であった、掘削工事が終わったら鉄筋を丸く組み基礎穴に釣り込み入れて下の方からコンクリートを打っていくのである。基礎工事が終って鉄骨を組み建てて骨組は出来上がり、会社の設計部からの設計図面を基に丈二の書いた床、梁、一部の壁のコンクリート型枠図面の寸法どおりに各階の床や梁、壁のコンクリートを打っていくのであるが最上階の8階までの途中の7階を終えたところで12月の末になったのであった、翌年正月明けまで休みである。

全国からの地方出身の職人さんが多くて帰省する人としない人がいたのでしない人を集めて「餅搗きをしよう」と所長が計画したのだ、その年の丈二は帰省する予定はなかったので懐かしいような嬉しいような感じであった、率先して鳶さんや先輩達の采配の準備の手伝いをしたのだ。

臼や杵と共にそのほか道具は鳶さんの自宅から持ってきたのだ。東京生活が長い鳶さんの指示で釜やセイロ、モチを並べるのは現場のベニヤ板で、さらに焚き付ける薪の不足分は現場の余りの材木を所長の知っている他の現場に連絡して調達した。作業台は当然ベニヤ板で腰かけイスはコンクリート打設用のウマという鋼製の支持金具に足場板である。現場の人達はそこにある資材を使っての即座の利用方法に丈二は「要領がいいー」と思った。総勢17～18人居たのだろうか、所長が上野の事務所からマコさんを応援というか手伝に呼ぶとエプロン姿で来てくれ、彼女の紅一点が全体を明るくしてくれたのだ。モチ米は近所の米屋さんに依頼して準備はすべてがうまく運びそうな雰囲気なのだ。丈二は「所長はすごいな」と感心したのだった。

蒸しあがったら臼の中で杵を使ってこねるのである、最初のこねる時は鳶さんが知っている、鳶さんが仕切ったのだ、長年のキャリアである、というより毎年餅搗きをしているとの事であった。こねるのが終わったら最初の搗く人に自分を指名したのだ。丈二は高校生の時に父ちゃんに教わった杵の持ち方と搗き方をまだ忘れていなかったので周りの人の指示もなくそのとおりに両足の位置を強く踏み込んで搗き始めたのだ、周りの職人さんや先輩達が、

「ほーっ」と言う声が聞こえてきた。

「搗き方がうまいぞっ」と言う、25歳の自分はまだバリバリの青年である、終わりまで搗いてしまったのだ、終わったら皆が拍手である。

「うそーっ、何で?」ただ搗いただけであるが強く握っていた利き手の右手の指が杵を力いっぱいに掴んでいたので動かなくなったのだ。腕のヒジを上にあげて手首から指先までを遠心力を利用する感じで大きく空中に手のひらから先を振り込むとすぐ直るのであった、高校の時に父ちゃんから教わった事を自然と思いだしていたのだ。職人さん達の中には餅搗きは何年ぶりだろうかと言う人が何人もいた、その後次々と蒸しあがって、次から次に俺も俺もと交代しながら搗いたのだ、その度に搗いた人の指が動かなくなった時の直し方を教えたのであった、年下の自分が年上の職人さんに、

「自分は年下ですよ」と冗談を言いながら教えるのが嬉しかったのだ。紅一点のマコさんも搗いていた。

丈二は餅搗きの日、実家から送ってもらった50枚位の海苔を持ち込んだのである、さらに

マコさんに依頼していた黒砂糖と醤油を丈二自ら小皿に何枚か準備したのである。それは海苔をあぶってタテ長に4枚に折り破り黒砂糖と醤油を混ぜたタレに餅を付けて海苔で巻きこれを何個か作ったのである、丈二は子供の時の餅を焼き海苔で巻いていたとおりをしたのである、それを食った各職人の人達は、

「初めて食った」と喜んで何個も食っていたのだ、ここで丈二は、

「うまかーっ」を広めたのであった、もう嬉しくて嬉しくてである。

「海苔巻き餅？」と言う職人がいたが丈二はとにかく、皆んなが餅をほおばりながら、

「うまかー、うまかーっ」の連続で嬉しかったのだ。

搗きあがった後のちぎる人と掌で揉んで丸餅にする人と薪を燃やす人とワァワァで喋りながらも人数が多かったので餅の数は少ない数であるが1人分が10～15個ずつくらいを持ち帰れる量を搗いたのだ。

小さいが鏡餅の2段重ねを現場用に供えたのであるが柔らかいので最初の餅で作り、搗き終わって帰る前に供えたのである、誰が持っていたのかわからないがミカンを乗せていたのだ、その鏡餅に鳶さんが2礼2拍手1礼をして現場の仕事納めとして皆もそれに倣って締めたのであった。

自分は周りの職人さん達に混じってもオッサンの世代ではないのであるが餅搗きをうまく

搗いたことと搗いた後の動かなくなった指の直し方を教えたのが職人さんの前で現場監督として少し大人の感じであった。楽しい年末の1日であったが帰りの電車の中で餅の袋をぶら下げて、故郷での餅搗きを思い出していた、心の中で思った。

「父ちゃん、あがと!」と。

(15) ちょこっと　芝の盆栽

1つの現場が始まったら基礎工事から完成引き渡しまで6か月工程とか8か月工程とか先輩達から聞かされていたが建物の大きさとか内容で変わっていた。同じ規模の建物はないので当然である、丈二もその6か月工程の神田での貸しビルの新築現場に配属されて直行直帰の毎日の生活になっていたが、8階建だから8階で最後であるが下の階から上の階へ何にもない空間にニョキニョキと天に向かってビルが上昇して出来ていく過程は2週間すると下3階の壁と4階の床が出来てそしてまた2週間で4階の壁と5階の床が、また2週間で5階の壁と6階の床が出来てそんな感じで8階まで上がっていくのである、毎日の仕事の面白さで仕事以外は何も考えなかったのであった。

仕事が終わってアパートの部屋に帰って独り暮らしを実感した時、残業の日夜遅く帰り、部屋は寝て体を休ませるというかそれだけの感覚であった。アパートの部屋は寝る為に帰ってくると同時に部屋の動きの無い空気感や壁や天井に何か変化を求めたい心境になっていた。

休みの日、窓の外を何気なく見ていると目の前にタンポポらしき落下傘のような種が飛ん

で行ったので、

「ああー植物も植物なりに子孫繁栄の為に風を頼って他力本願だが遠くまで働いているのか」と感じた。

部屋の隅、机の上、窓の外の手すり兼用のフラワーBOXなどに緑の鉢が欲しいなと思ったが、金をかけて盆栽や植木鉢の花を買ってまですると「自分の生活スタイルに合わない」と思いながら生活していたが、ある日通勤路の帰り道の途中に外灯に照らされたマンションの植え込みからはみ出た芝の新芽が道路のアスファルトの割れ目にもぐって窮屈そうに根を張っていたので、

「おい、芝生！　そこじゃないだろう」と思って引き抜こうと引っ張ったらズルッと植え込みの方から抜け出てきたのでアスファルトへ伸びている方はちぎり取ったのだ。盗んだというより道路の除草をしたという認識を持ったので悪意は無かった、折れないように茎を丸環状態にしてポケットに入れてアパートに帰った丈二であった。植木鉢は無かったというより持っていなかったので小皿にティッシュを入れて水を入れその中に丸環状態のまま芝の根元と千切れた方も入れてさらにティッシュをかぶせて枯れないようにした。次の日仕事先の現場の残材置き場を覗くとバケツの半分くらいの大きさのペンキの空き缶があったのでそれと現場の土を缶1杯分程新聞紙に包んで缶の中に入れて電車で持ち帰ってきて芝の芽を移し替えて根が出るまで流しのシンクの中で育てたのだ。

1か月も経つと芝の芽が完全に大きくなって成長するのが見えてきたのである、ちょっとした楽しみなのである、窓の外の手すり兼用のフラワーBOXの下に植木鉢ならぬペンキ缶を置き太陽光線を浴びるようにしたのだった。さらに1か月くらい過ぎた頃には次から次へと若い新芽が伸びて毎日毎日「水をくれー、水をくれー」と叫んでいるようで、ちょっと親近感というか愛しさを感じたので乾燥しないように水を与え続けたのであった、不思議である、1人住まいのアパートに芝という植物の生き物が来たのだ。今までは帰った時、静まり返っていた空気がこの芝という生き物がいて何か空気が動いている気がするのである。植物ではあるがこれが小さい楽しみというものかと丈二は実感したが都会だからこそこんな感覚かなと思ったのであった。このペンキの空缶を現場のペンキ屋さんにちょうど錆止めの塗料があったのでお願いして少し分けてもらって塗ったのである、鉢は錆止めの茶色の見栄えのいい鉢に早変わりしたのである。その鉢の外まで伸び過ぎた芝の芽は先端を曲げて鉢の中の土へ「まだダメー」とばかりにUターンさせて潜らせたのである。

数か月経ってこのペンキ鉢の中が葉と枝でビッシリになってきたのだ。金釘で底に穴を開けて水が溜まらないようにしたのである、離れて見ると芝の葉は栗のイガのような形に見えてきたので友達が遊びに来た時、

「今から芝刈りするから」とハサミでチョキンチョキンとばかりに大袈裟に笑いながら

カットして楽しんでいたのだ。

芝の葉をカットする度に丈二は幼い頃家で飼っていた農耕用の牛のエサの為の草刈りを思い出してしまう、そのきつかった仕事が子供の頃の丈二の思い出であった。

マンションの植え込みの芝の茎一本から始まって目の前のペンキの空き缶の植木鉢の中で成長した芝との繋がりについ連想をしてみる、もしもマイホームの庭の芝刈りが生活の喜びとなって近い将来マイホームを建ててそこから通勤する自分を考えると尽きない想像になっていた。


丈二の会社は神田駅から歩いた所ではあるが毎日の通勤は会社には行かず今のアパートから現場事務所までの直行直帰であった。現場作業で勤務する社員たちは自分も含めて皆、現場から直行直帰が日常である、丈二は栃木県の大学病院や埼玉県の百貨店女子寮や都内の大手銀行の事務センターなどの新築現場での先輩の人達との仕事は生きがいもあり、そこに居る職人さん達と打ち合わせする喜びもあり、頑張るというか楽しく過ごすことが出来たのだった。

今のアパートから数か月ごとに新築の現場の建設地が変わるので建設地までの電車での通勤時間はすぐそこで近かったり、また1時間半や2時間はかかるのであろうか、と予測はできたもののほとんどの現場が遠いと思っていたのだった。職住接近をいつも考えていた、自分の給与からマイホームを計画するとまず都内は土地が無く仮にあったとしても高価で手の届かない高額であり当然無理とわかっていたので千葉県、埼玉県、神奈川県、茨城県のいずれかのそれも地方の土地に建てなければ計画が立たないのであった、庭がある一戸建のマイホームが理想でマンションとかアパートという選択は全く眼中に無かったので「遠隔地のマイホームからの通勤時間はとても苦痛であろうな」というのが第一印象であった。

たった1つのペンキの空き缶での芝の盆栽であるがマイホームの庭の芝に夢が拡がっていく、どんな将来が自分に合ったものなのか進む道の判断をしなければならない時がやがて来るのである。

「父ちゃん、母ちゃん、道路に延びていた芝の茎と根が自分の道をどの道で歩いて行こうかを方向付けしてくれそうな気がする」そう思う丈二であった。

16 ちょこっと　競馬

丈二の忘れられない競走馬で先行、差し、それに追込は自分の感覚である。

1枠　ストロングセブン　（先行）
1枠　ダテノテンリュウ　（差し）
2枠　ハイノセイコー　（差し）
2枠　ナインポイント　（先行）
3枠　ウメホープ　（差し）
3枠　トウショウボーズ　（差し）
4枠　グリーンガラス　（差し）
4枠　アカノテンリュウ　（差し）
5枠　メグロアサマ　（差し）
5枠　ゼンマツオー　（追込）
6枠　ロングノエース　（追込）
6枠　ヒカルノイマイ　（追込）

7枠　ケイハントーメイ　(追込)
7枠　ヨーコー　(差し)
8枠　ダンシンボルカード　(先行)
8枠　メグロムサシ　(差し)

自分で勝手に枠順を決めてしまったがその枠順に関係なく忘れられない競走馬である、丈二にとって競馬は丁か半というういわゆるトバクという感覚は芽生えなかった。それは先輩の1人が日曜日に千葉県の競馬場に連れて行ってくれた時である。

内馬場の広い芝生の敷地に持ってきた2帖ほどのビニールシートを広げ千円札1枚出して、「丈ちゃん売店から焼き鳥とビールを2つずつ買ってきてくれ」との指示に昼に近い午前中だったから丈二にとっては、

「何？　ビール？　ですか？　まだ昼前じゃないですか？」なのである、つい嬉しさが込みあがってきたのだ、丈二は初めて来た競馬場である、馬券のみ買うつもりだったのが、いきなり昼前からビールなのだ、気分がすぐにハイテンションになってしまった、晴天に恵まれた青空の下でまるでピクニック感覚である、馬券を買うだけの楽しみからさらにプラスして競馬を楽しめる方法があるのだ。馬券を買う金額も生活に支障のない範囲で1万円ぽっきりという先輩である。丈二は通勤電車の中で朝はラッシュだから新聞は読まないが帰りの時は一部の乗客が競馬新聞やスポーツ新聞の競馬のページを見ているのを見て、

「ああこの人ギャンブルに夢中になっているんだなー」と思っていたのだ。その時までは あまり興味が無かった丈二であったが先輩と共に競馬場に行った事でその競馬への感覚が一変したのである、その日を境に毎週日曜日の競馬が面白くなったのだ、それも1万円までである。

「自分というより仲間と一緒に楽しむ事である」先輩の言いつけで丈二はさらにそう思うようになったのだ、そしていつもその先輩から、

「勝っても負けても1万円までで、雨が降っていても青空を楽しめ」が口癖であった。丈二自身、月曜日から金曜日までのスポーツ新聞のデータ集めが楽しみになったのである。

4コーナーまわってからゴールまでの直線距離は千葉県の競馬場が250メートル、東京の競馬場が450メートルと先輩に教えられて競馬場のコースが右廻りや左廻りで得意な馬か不得意な馬か前回出走した日からの間隔、晴天、雨天、追込み、先行、差し、距離の長短に向いている馬か不向きなのかなど1200メートルから3000メートルなどのレースの距離によってゴールする直前の追い込みにかかるタイム、などなどを予想して馬券を購入するのである。

丈二の買い方は千葉県の競馬場の場合は内枠の1枠2枠3枠までの枠の中に先行馬と逃げ切り馬がいたらどちらかを必ずこの1頭を頭に巴式での馬券を買っていた、その理由は千葉の競馬場は4コーナーを過ぎてゴールまでの直線距離が250メートルと短い為、逃げる馬

が有利の丈二のデーターからであった。連勝複式で1－2、1－3、2－3の3枚という買い方である、先行馬がいない場合は買わない、それも絶対に買わないのだ。これも先輩の指示と指導であった。

東京の競馬場の場合は6枠7枠8枠に差し馬、追い込み馬がいたらそのうちの1頭を頭に6－7、6－8、7－8と連勝複式を必ず買っていた。千葉の競馬場と違い4コーナーを過ぎてゴールまでの直線距離が450メートルと長い為、追い込みの馬が有利との丈二のデーターだったのだ。3通り買うので1000円×3で3000円であるがお金に余裕があるときは2000円×3通りで6000円である、千葉県の競馬場も東京の競馬場も特別レースの9レースと10レースの2つのレースしか買わないのである。それは先輩からの指示、指導で他のレースを買うとのめり込むとの事で絶対に買わないのだ、丈二は勝手に好きなヒカルノイマイが優勝した時を夢の中でイメージしてさらにこれもまた勝手な実況を丈二の好きなファンでもある梅本清アナウンサーにお願いしたのである。

「東京の競馬場で青空の広がる芝の良馬場となりました。レースの実況をお伝えしますアナウンサーの梅本でございます。今年もあと残り5日となりました、今日は今年1年間の総決算の特別な愛馬記念のレースで距離2500メートルです、発走10分前の単勝オッズでは一番人気のハイノセイコーがなんと1・1倍それに続くウメホープが2・3倍、3番人気のロングノエースに４番人気のトウショウボーズが続き、５番人気にはなんと牝馬のケイハントーメイが入っています、それに続くヒカルノイマイとナインポイントが６番人気を争っています、ほかに両メグロに両テンリュウとものすごい人気馬が揃いました、それぞれゲートインしています。

ゲートが開きました、各馬一斉にスタートしました、出遅れた馬はありません、ストロングセブンが飛びだしました、２番手にダンシンボルカードと定石どおりか、各馬その後を追っています、先頭のストロングセブンからその差４馬身から５馬身でしょうか、団子状態だった馬群がゆっくりとゆっくりと縦一列なっています、向こう正面にさしかかりました、さーぁ誰が行くのか、どの馬が行くのか、一番人気のハイノセイコーは１８００メートルに実績がありますが今日のレースは距離２５００メートルです、どういうレースをするのでしょうか、５番手に付けております、ウメホープも追走しています、ヒカルノイマイは後方から３番手その後ろがゼンマツオー、好位置なのか馬群を離れています、力を温存しているのか両メグロそして両テンリュウ、３コーナー手前付近で馬群がだんだんと詰まってきました、３コーナーを廻りかけ縦長の馬群がそして逃げているストロングセブンとダンシンボルカードの差が詰まってきました、バラけていた馬群が団子状態になってきました、ストロングセブンが捕まりそうだ、馬群に飲み込まれてしまった、さーぁ、４コーナー廻りました、横一線に並んだ、並んだ、どの馬が来るのか、さあ、さあ、さあ、どの馬か、ハイノセイコーは出ない、ウメホープも出ない、両メグロそして両テンリュウ、ケイハントーメイ、ヨーコーそしてトウショウボーズにナインポイントも出ない、どの馬が出るのか、出るのはどの馬か、ヒカルノイマイはグリーンガラスの外に行った、大外だーぁ、大外から一気に来たーぁ、ヒカルノイマイだ、ヒカルノイマイが来たーぁ、来たーぁ、来たーぁ、1馬身いや2馬身とその差が広がっていく、ものすごい追込みの末脚だーぁ、1着ーぅ、1着だーぁ、優勝ーぅ、なんとなんと6番人気のヒカルノイマイが来ましたーぁ」とずーっと叫びたい。あーァ、夢かーァ。

丈二が決めたのではないが、「一般的に先行馬を好きな人は学歴を重視する人で追込馬を好む人は学歴よりも現場の経験を重視する人」と先輩から聞いた事があって丈二とすれば追込馬が好きなのである。最後のゴールまでの直線になってからの競走でそれまで温存していた末脚を発揮して追抜きするシーンが何とも言えない快感を感じるのだ、丈二はそんな場面がとても好きである。

結果1年間で34万円銀行の通帳に残額が記入されていたが元が20万円ほどの額だったので儲けたのは差し引き10～15万円くらいであったと予測する、先輩に言うと、

「普通マイナスなんだがなー」と言う、が丈二にとっては納得のいく買い方であったと思う。

競馬は好きでもギャンブル性の高いところに自分がのめり込む性格になったら嫌だから、「1万円までの金額でそれ以上は買わない」という先輩の指示どおり強い気持ちを持って

いたが逆に買わない日もあると言う事も併せて持っていたのだった。競馬は楽しくさせてくれる娯楽レジャーであってバクチではないと以前千葉県の競馬場でのあの青空の下でビール飲み飲み楽しんだ事が強烈に残っているのだ。先輩が教えてくれた「青空を楽しめ」の娯楽レジャーを丈二は自分自身に言い聞かせていた、1週間に一度の日曜日のみが競馬の日で土曜日も開催されていたが仕事があって気分的に楽しめなかったのだ、だから土曜日の馬券は全く興味が無く、そして絶対買わなかったのだ。

丈二は天気の良い日曜日に1人で渋谷の場外馬券売り場まで出かけたのである、馬券を買って代々木公園の木陰の芝生に用意してきたビニールシートを敷き拡げ駅の売店で買ってきた缶ビール1本に裂きイカを肴にして寝ころんで青空を見上げたのであった。携帯のラジオからの競馬中継を聞き競馬新聞を見ながら午後のひと時のレジャー感を過ごしていたがすぐ向こうで弁当を一緒に食べているカップルを見てギャンブルというより本当のレジャーという感じに丈二はうらやましいと思った。

「クソーッ」いつかは俺も、と。

特に土曜日の夜、仕事の仲間と飲み会の時はこの競馬の話で盛り上がったのだ、それはウイスキーの銘柄にホワイトホースというお酒があってラベルの馬の絵に白毛の馬なのにこの馬はハイノセイコーだとか、いやメグロムサシだとかお互いに好きな競走馬にしたもので

あった、丈二もいっぱしに、

「いやー、追込みのヒカルノイマイとゼンマツオーだよ」と言っていた、酒の席なので罪が無く何のこともない、面白ければよく楽しければ良く、仕事仲間との連携が取れればいいのであった。

楽しみがあって仕事の生きがいが生まれての職場でいつも上司が音頭を取るのであるが丈二はそれだけ良い先輩達に恵まれていたのだ。ある土曜日の晩に丈二が、

「先輩いつも奢ってもらっているのでたまには出します、今日は自分が奢りますからどうですか?」と声を掛けたら、

「うん、今日はマージャンするから」との事である、丈二は日頃から「パチンコとマージャンは退屈で欠伸が出るのでしません」と言っていたのでマージャンの誘いは無かったのであった、丈二は声を大きくして、

「先輩、競馬はレジャーでマージャンもレジャーですか?」と聞いたのであった、先輩は、

「んーん、何か言った?」の返事である。

すぐに「ニッ」と笑い顔で返事して、

「まっいいか」と思い、

「いや、いいです」丈二の実に楽しい青春時代の1ページである。
※競走馬の名称は架空のものです。

(17) ちょこっと　丈二の20代

20歳で東京で就職して社会人1年生になった丈二と同じく東京で生活している高校の同級生達は進級して大学3年生になっていたが、丈二はその年の夏の誕生日で21歳になったのである。

彼らのアパートに社会人になる前は時々顔を見に行っていたのが社会人になった途端に全く行かなくなったのであった。大学3年生の同級生達は当然まだ学生であり丈二としては彼らより2年早く社会人になった為、少し優越感を感じていた、学生時代とは全く違う空気感を肌で感じていた。

好景気とか不景気とかわからないままでいたが、仕事をするのが当たり前の社会人であると感じていた丈二であった。毎日毎日一生懸命先輩達から与えられた事や指示された事の仕事をするのが精いっぱいでも毎日の仕事が楽しくてしょうがなかったので「ボォー」として過ごす日が無かったのだ。それよりも、実務経験が浅く、さらに未熟で若い為先輩達の後に付いて行くばかりであったが、各職人さん達がたくさん居てその人達と話をする事も新鮮で、仕事そのものが丈二の知らない事ばかりだったので面白かったのである。

仕事の時は精一杯仕事をして残業が無い日は仕事が終わったら毎日ではないがその先輩の人達の仕事の話を聞くのが楽しく、酒を飲んで連帯感が取れて次の日の日常が打ち合わせどおりの工事が行なわれてそれが嬉しい実感であった、仕事や生活が実に楽しいのである。

ある日仕事の帰り、駅のガード下の飲み屋さんでの東京タワーの鉄骨を組み立てたという鳶さんと同席した時の話である。この鳶さんは東京タワーではないが他の現場の工事中に片目を事故で失明してその後、義眼を入れているとのことで、

「もう何年も経つので不自由さは感じない」とのことであった、その証拠に時々乗用車を運転して現場に来ていたのだ、丈二も一度だけ乗せてもらった事があったが、ごく普通の違和感の無い運転であった、その鳶さんが話を続けたのである。

「東京タワーの３００メートル以上の最上部の避雷針の取付工事の時、地上では無風なのにタワーの上空では細くなった鉄骨の骨組本体が自分の体と共に真横からの風圧を受けて10数メートル前後に常に水平に揺れるんだ」との言葉に丈二は、

「怖くなかったですか?」

「うん、怖いというより重い避雷針だったからチームを組んでの全員が仕事をせねばという気持ちを先行させていたと思う」とさらに、

「あっちに行ったりこっちに来たりした時もし鉄骨が折れたらその下の鉄骨が自分の命綱を緊結している鉄骨に繋がっているから『ぶら下がるだろうから落ちない』という強い安心

感があった」とまた、

「高所で命綱を何回も確認して部材を取り付ける作業はどこの現場も日当が高かったがお金というより自分達鳶が『この東京タワー』という名前が名所になるだろうの予測と会社や仲間で新しい東京の顔というかシンボルを作るんだという団結した気持ちで完了せねばならない使命と気迫というか落下の覚悟は全く無かったのであらゆる怖さを打ち消して仲間を信じて仕事した」とのいろいろな話に丈二は眼を丸くしながら聞き入った。丈二が入社する前、社員教育の時、

「スクリーンで工事中の様子を見ました」とか、

「よく見たら映っていたかもしれないですね」とかお酒を飲みながらではあったが鳶さんの話に夢中になったのであった。

年が明け年始は千葉県のお寺に事務所全員初詣である、所長の、

「お寺のお堂の入り口や外回りに鳥かごと中の鳥が継ぎ目なしで一体の木を彫刻して出来上がっているので何回見ても飽きない」との事で丈二も見た事があったのだ。その後近所の料理店で食事するのが恒例であった。1年を通して東京を起点にしての日帰りや小旅行はいつも事務所全員である、どこに行くにも丈二は初めての場所で珍しくて初体験の連続だった。特にこだわりがあったのは所長の方針で必ず1か所のみ古い建物などの国や県の文化財、地

域の見どころをコースに入れることが希望であった、建設会社だから当たり前かな、と思っていた。

愛知県の時は、

「日本で最古のお城の犬山城を入れてくれないか」とか、岩手県の平泉の中尊寺の時は展示してあるかわからないが、

「藤原3代時代の大工の使っていた墨つぼが展示してあれば見たい」とか、身延山の時は、

「お寺の木造建物を見たいのと数十人のお坊さん達が一堂に集まって一斉に唱えるお経が合唱のように聴けるのでそれを聴きたい」とか、長野県へは、

「蓼科山では縞枯山の風景を見たい」あるいは神奈川県には、

「小田原の蒲鉾の店で蒲鉾の板に俳句を考えたい」などなどであった。

東京を起点に春の花見、夏の屋上ビアガーデン、秋の紅葉旅行、冬の忘年会や新年会、しかし時々飲みに出た時は5回に1回くらいは自分の給料で先輩に奢っていたと思う。何故なら丈二が社会人になりたての頃だったか、熊本へ里帰りした時父ちゃんが笑いながら言っていた冗談の中に、

「奢ってもらう時は寿司屋さんを望め、そして逆に自分が奢る立場の時はうなぎ屋さんに連れて行け」と。それを思い出す丈二であった。その意味はうなぎ屋さんでは酒が出てもちょっとであり料理はうな丼一杯で終わるので高額でも一杯だから安い費用で済む、しかし

お寿司屋さんでは酒も寿司も際限なく飲んで食べるのでなかなか終わらない為高い出費になってしまう、との事であったが世代的にはまだ丈二自身若造である、そんな丈二にはとてもそのような行動はとれなかったのであった。ずっと後で年を取ってから大人の付き合いになった時に考える事である、と考えていた。

そんな若造の丈二でもファッションにはちょっと興味があった。上野のアメ横で丈二の体型にSサイズでも少し大きかったが店の人から冗談に「コートに体を合わせて下さい」だったのであった。アメリカの軍人が実際に着用していた払い下げのカーキ色のロングコートのそのSサイズを買ってスーツ姿の上からベルトで絞めてオイルライターでタバコをくわえて、「うーん、哀愁の丈二、今日もタバコがうまい」とカッコつけたりであった。

仕事の延長であったのが、所轄の警察署からの指示なのか知らないが月に一度、土曜日と日曜日を上野駅前広小路から銀座までを日本で初めての「歩行者天国」をするという上司からの通達に上野駅から御徒町までの区間の道路の端にある歩道との境界にあるバリケードの一時はずし、及び復旧の作業を自分達の会社関係の労働者及び社員の動員が決まったのであった。丈二は人夫さんと鳶さんそれに運搬車を含めて作業員15人態勢で土曜日の朝と日曜日の夕方での作業であった。常日頃から百貨店の工事の為、仕事によっては道路を使用する大型クレーン車を配置するため、所轄の警察署に「道路使用許可書」を申請するのは丈二の担当であったので所轄の署の交通課の人達とは顔見知りでいた。その人達が婦警さんを連れて丈二達が指揮している職人さん達がバリケードを外したりしている所に来て、「元宮さん、お世話になります」と婦警さん入れて5人が自分に頭を下げたのだった。警察官が一斉に自分に頭を下げている光景は歩道を歩いている人がたくさんいる中で嬉しくないわけがなかったのだった。その様子を見ていた同僚の先輩社員が、「おっ、丈君、顔が売れてきたねーぇ」と声をかけてくれたのであったが歩行者天国という耳慣れない言葉を初めて知った日でもあった。

丈二は毎日の昼食後に喫茶店でコーヒー豆の産地ブラジルのみを1か月味わった後に急にコロンビアに変えた時、

「うん？　昨日までのブラジルと何か違うぞ」という舌に違う感覚があって先輩に話したのである。それは先輩が教えてくれたのだ、ワインでも日本酒でもウイスキーでもお茶でも同じ味をずっと毎日続けていると急に変わった味になると舌が覚えていてそのいつもと違う味に違和感を感じるのだと、丈二は素直に聞いていた。所長の地方の文化財や建物の趣味、東京タワーを組立てた鳶さんの話、歩行者天国の話、コーヒーの話、丈二は大人になってまだまもない若造社員であるが大人への仲間入りした新人でもある、毎日毎日がちょっとした場面で実に知らない事だらけである。

32歳の同僚先輩が印旛沼の近くにマイホーム用の土地を購入したと聞いて丈二は土地の事より、

「通勤時間がどのくらいかかるんですか?」と聞いたのであった。気になるからだ、何故なら通勤時間が1時間30分以上か2時間ほどかかる事実に仕事は好きでも通勤時間の長さが好きになれず、丈二には耐えられない長時間の通勤なのだ、朝2時間、夜2時間、1日のうち4時間を列車に乗る計算である。21時まで残業したら帰宅が23時なのである。丈二はさらに考えていた。建築現場は配属先がどこであろうが朝8時には朝令なのである。朝確実に起きる為に枕元に4つ目覚し時計を置いている、生コン打の日に朝寝坊して怒られて目覚し時計を増やしていたのだ。所帯を持ったら目覚し4つは要らないと思うも、朝7時30分〜40分に現場に着く為には遠い所に家を建てた場合、朝4時半から5時に起き、遅くとも5時半には家を出なければならない生活となるのだ。印旛沼に限らずとても無理と思ったのであった。

20代の事を羅列するとものすごい思い出の件数になるが、とにかく無我夢中での仕事であったと思う、かけがえのない懐かしい20代である、御徒町駅近くの寿司店のオヤジさんの所に顔を出したら懐かしい話で盛り上がったが、

「丈ちゃん、日本の景気に合ったちょうどいい時代に生まれたな、あちこちの現場に行っているんだろうけど近所に来たら必ず寄れよ」と言われた。

「ええーェ、あ、はい、わかりました」と返事したものの、自分の将来は全く読めない丈

二だった。

しかし丈二は今の建築の仕事をずっと続けていくと思うが周りの先輩やその関係者の人達が自分の生きていく生き方を教えてくれているような気がしてならないのだ。もちろん親、兄弟、親戚、友人、知人、恩師、先人と自分の周りにはたくさんの人達がいるがその人達以上か同等程に現在のここの職場の人達が身近に感じるのだ。丈二自身がまだ20歳代だからそれだけ自分への影響を大きく感じるものがあるのかもしれないが、とにかく楽しいのである。それが方向を決めてくれるであろう、カジを切ればいい、それでいい、そんな事を考えていた。

⑱ ちょこっと　自動車学校

大都会で仕事をする為に車を必要としている人は限られていると思っていた。その証拠に丈二は自分自身が18歳から30歳前まで東京にいながら建築の専門学校から始まって建設会社へ就職し車を自分自身で運転して仕事をしなければならないと思った事が全くと言っていいほど一度もなかったのだ。高校2年生の時に自動2輪のバイクの免許を取って高校3年生まで時々乗ってはいたが社会人になってからは乗る機会もなければ乗るという気持ちも全くなかったのだった。

「将来は車の免許は必要だろうな」とは感じていたので自動車学校へ通いながら毎日の仕事しながらで大丈夫かどうか頑張ってみようと思ったのであった。実際に自分の住んでいるアパートの近くの自動車学校に入校してみたものの免許を取得するまでの進み具合が50パーセントくらい過ぎた頃やはり思っていたとおり通えなくなったのだった、というのは丈二の現場監督という仕事の立ち位置を丈二なりにどんなに小さい小額工事でも工事の監督という仕事の立場を優先したため自動車学校への通学が二の次になったのだ。あと少しで仮免というところで期限の半年が過ぎて退学である。お金もだが学校に通学というか費やした時間とそれにかかった日数が無駄になり出発点のゼロになってしまったのである、実にもったいない事だったなと思う。

それから5年後、兄《あん》ちゃんは神奈川県、弟は静岡県、丈二は東京と男の兄弟3人が関東に出てきているのだ、熊本の父ちゃんや母ちゃんは1人くらい熊本の家の近くでもいいから居て欲しいと願うのは、

「親として当たり前だろうな」と思った丈二であった。そして考えた、考えた結果兄《あん》ちゃんにだけ、

「兄《あん》ちゃん、俺が熊本に帰るけん」と言ったのだ。

丈二は東京という勤務地に朝と夜の通勤時間の長い予想の生活に完全に嫌気がさしていたのは事実であった。結婚するにしても建築屋である、当然一戸建のマイホームにあこがれるのであった。それは夢物語であろう。丈二は先々も自分が現場担当という立場は変わらないであろう、関東圏といっても東京なんだという仕事場は動かないのだ。「マイホームは近く」には計画が成り立たないのである、外国に転勤の希望という計画も考えてはみたものの外国ならばどこの国だろうが東京で仕事をするのと同じである。やはり「親孝行」という文字が気になったのである、それは、

「元宮君、ブラジル出張所か中近東のペルシア湾岸の空港建設など外国に転勤の希望で行

く気があれば人事部に言ってあげるよ」と現場の副所長に声をかけてもらったのはわかるのだ、しかし以前ブラジルに赴任し正月に日本へ里帰り?していた社員の話から、

「行って5年も過ぎると現地の作業の人との間に情が出来て逆に離れたくない気持ちになってしまって東京での日本の同僚の人達との会話や建築技術などに追いつけないので結局仕事しているブラジルが好きになって定年までずっと行ったきりになってしまう」と言われていたのを思い出すので心の中に控えていた。そんな話を聞いた時、ブラジルにしろ中近東にしろ自分の会社って地球規模で現場があるんだと改めてすごいと思ったのだ。周りの先輩達は優しくとも自分自身は強い気持ちを持っていないと生きていけないと思ったのであった。頭の中で「親孝行」という言葉と故郷の里山風景とかも頭に浮かべながらも何かわからないが天秤になって行ったり来たりしている丈二であった、だから結論を出したのだ。

「兄《あん》ちゃん、俺が熊本に帰るけん」と言ったのであった。その後、退職届を出して受理されたのである。丈二はカジを切ったのであった。

松中工務店を退職して3か月後に東京を離れる時に熊本で仕事をする時はどう転んでも普通自動車の免許が必要と思い行動したのであった。山梨県の石和という町で実施している自動車学校の合宿での普通車の免許取得である。取得に要する日数は「17日以上の合宿が必

要」とのことですぐに申し込みを決めたのである。

入校する日、東京から列車で2時間半程の山梨県の石和駅までである、申し込みしたセンター自動車学校から石和駅へ迎えのマイクロバスが来ていて15～20分で自動車学校へ午後2時過ぎ着いたのである、その日着いたばかりであったが、そのまま担当らしき人から、

「夕方まで時間があるから1時間分を練習しなさい」との学校の指示で初めての自動車教習が始まったのである。運転席に乗る前の基本マナーを1時間のうちの半分以上指示教育を受けたのだ。その後に車の運転席に乗っての教育はほんの4～5分であった、終わってからまた同じマイクロバスに乗って合宿所の専用旅館に着いたのだ。旅館では個室と思いきや裏手に案内されて部屋に入ると大広間の宴会場みたいな間仕切りの無いだだっ広い畳敷きの部屋に男ばかりが14～15人居ただろうか、ほとんど、

「学生かな?」と思ったのだ、すぐに皆が並んで挨拶をした、何故自分に向かって並ぶんだ?と思ったが瞬時に、

「ああーここは自分が一番年上かな」と「自分はちょっと場違いの中に来たのかな?」とも思ったが、

「大学生でもいいか」と感じすぐに、

「元宮といいます、東京で現場監督をしていましたが退職して今は無職で29歳です」と挨拶して一瞬のモヤモヤを吹き消したのだ。夕食はセルフでご飯とおかず、たくあんの漬物に

味噌汁であったがご飯はたくさん食べても余るような量であった。思い思いに自分だけ専用の缶詰や飲みものを持っている者もいたがそれよりも食事の時は隣の建物から学生と思われる女性達が5～6人が入って来たのだ。日常的な挨拶も「こんにちはー」位であとは会釈程で、そこそこに自分達のいる同じ大部屋での食事である、食事が終ると各人が食器を片づけて座卓長テーブルの脚を折りたたみ部屋の隅に移動してすぐきれいになる、すべてセルフの感じである。さらに全員で畳の線に沿って敷き布団が等間隔に奇麗に並べられたのであった、自分の寝床は知らない隣の若者が奇麗に敷いてくれたのでお礼を言って早く横になったのだった。初めての日であったので学校から与えられた本を広げて予習をしたのであった、特に個別には話はしないで休んだのである。

「ああこれから17日以上の合宿が始まるんだ」と思うと少し緊張した気持ではあった。

翌日朝食の準備である、布団と毛布、枕の寝具一式を足元だった方へ折りたたんでそこにテーブルを並べていくのである。それぞれ各人が昨日の夕食と同じように隣の建物が本館のような旅館があってそこに入って行き炊飯器やおかずをトレーみたいなもので持って来たのである。自分も手伝おうとするもまだわからないところがあって食器を並べるくらいであった。朝食を終えて迎えに来たマイクロバスに乗って15分くらいの場所にセンター自動車学校があるのでちょい感じのバス通学である。

まず午前中に学科の2科目を受けて終わると学校の近くの食堂で定食のお昼である、昼食は自費である。午後は実際に車での実技練習と決まっていた、実技の免許を取るまでの予定表を貰ってその日の授業と実技練習が同じように1週間以上続くのである、1週間も過ぎた頃には学科の項目がほとんど済んでしまうので残りは車の実技練習のみが毎日の日課になっていた。先に入学した生徒は早く進み学科が済んでいるので当然午前中の授業は何にも無い日が続くので合宿の部屋で寝転がって暇を持て余すのである。雨天や晴天の天気に関係がなく午後は必ず実技練習がある為に時間的に観光に出かける事が出来ないのである、山梨県は武田神社、昇仙峡、身延山の久遠寺など行ったことがあるのでもう一度行きたいなと思っても行けないのである、観光で来たわけでないし合宿での自動車免許取得という大きな目的で来ているのだ。しかし久しぶりに学生生活もいいかな、と楽しもうと思いながらの丈二である。

時間と暇つぶしに合宿所の近所を散歩していたら酒店があったので入ったら安価なワインの1升瓶がたくさん陳列してあった。店の人に聞くとワインの1升瓶は山梨県だけにしか売っていないとの事だったので1本買ってきたのだ。夕食時に自分の食卓の前に大きなワインの1升瓶を立てているので学生たちがびっくりしていたのである、酒や焼酎でなくワインである、ジロジロと丈二の顔を見ていたので、

「飲める者んはこっち来んね、未成年はダメー」と声をかけたら何人かがすぐ寄って来た。

ワインを目的に酒の好きな学生が5～6人、自分の前に座り始めすぐに打ち解けてしまったのである、自動車免許取得という同じ目的での合宿が各人の心を1つにしてくれているのか実にいい学生達だろうと気が通じてしまった感じである。隣の女子学生達も呼び加わってさらにすぐ来なかった男の学生達も来て恋愛話が始まり、話が終わったところで、「はーい、次は誰か？　自分が恥ずかしかった事ーォ」もう出会って間もないのにワイワイである。

丈二は箸の1本を指揮棒にして指揮者になったつもりで皆を一堂にこちら向きに立たせ、「は～い、この班とこの班とこの班」と勝手に3班に分けて3部輪唱で曲は「カエルの合唱」である。さらに帝京農大の生徒2人がいて唐芋踊りが始まり初めて見たのだった、唐芋踊りは2人で2本のタオルを3ツ折か4ツ折りにしてそれをサツマイモに見たてて両手で持ち上げ手拍子に合わせて踊るのである。そして手拍子が終る時、1人が相手の後に廻りお尻の所に顔を近づけ口を尖らせてオナラの音を発するのだ、すかさずに臭い表情の顔をするのである。ちょっとしたサラリーマンの宴会芸より面白いのだ。まあ学生達と楽しくて、楽しくて、である。

合宿での普通自動車免許取得の丈二は過去に自動2輪の免許を取得していたので予定どおりに実技17時間プラス1時間の18時間（合宿延べ17日間）の実技であった。実技路上試験のコースは町の中というよりブドウ畑の農道を試験のコースとして3通り決められてあり、そのうちの1つを試験直前に通告されるのだ、後でわかった事だがコースの途中には横断歩道に1人、信号機に1人と学校関係者が通行人に扮したサクラを配置しているのだ。普通に路上試験であったが無事合格したので安心した丈二であった、もちろん学科の試験は後日改めて東京の鮫洲試験場で受けて合格しなければならないのだ。

丈二は翌日、石和での楽しかった学生達と別れて18日ぶりに東京に戻り、その翌日朝早くに出かけたのだ。今度は鮫洲での学科の試験である、午前中にその学科試験があってその日の午後に合格発表がありで合格していれば電光板に自分の受験番号が点灯すると合格である、点灯する度に受験番号の数字が「ポーン」と音がするのだ。

「早く点灯してくれー」と願いながら見ていたら自分の番号が音とともに点灯したので安心したのだった。免許の取得まで1か月はかからなかったが免許状を貰って鮫洲を後にし、「ああ、これで車に乗れる」感慨深い合格結果である、電車の中でじっと免許証を見つめる丈二であった、そして思った。

「石和のセンター自動車学校の先生達ありがとうございました、それと名前は聞かなかったが帝京農大の生徒達、そして他の学生達諸君、元気で卒業しろよ、俺は故郷の熊本で頑張ります、もう会えないと思うが元気で」と心の中で呟いた、「皆な日本全国のあちこちに散らばって行くんだろうな」と。そして後で思った、一期一会という言葉を。

その夜に丈二は寝床の中で「父ちゃん」と呼びかけたのだった、それは大工さんになろうと思って東京に出てきたのであったが大きな建設会社の現場監督という大工さんではなかった職業だったのだ、そしてまた呼びかけた、

「父ちゃん、兄《あん》ちゃん、後悔しとらんけんね」と思いながら寝たのだった。翌日親戚の運送会社を経営しているユウちゃんの運転する8トンか10トンか知らないが荷台の大きなトラックが打ち合わせどおりにアパートの前まで来てくれたのである、ほんのちょっとの時間で済む家財道具の少なさの荷物を積んだだけですぐ終わったのだが東京から熊本までの引っ越しを手伝ってくれたのだ。丈二にとってちょっとの荷物ではあるが気持ち的には大きな引っ越しであった、「ユウちゃん感謝します」と心の中で思っていた。アパートの大家さんには前もって伝えていたので簡単な挨拶をして別れたのだ。

「中央工学校の野崎先生そして松中工務店の皆さん、この12年間経験させてもらえた事を一生自分の財産にします。ありがとうございました、またいつか来ます」と思ったのであった。

トラックの助手席から東京の姿を眺めながらの丈二の東京から熊本へのUターンであった。

あとがきに代えて—表紙写真について

表紙写真は有明海の風物詩と言われている毎年秋の終わりに集落の養殖海苔を家業としている家々の人達が海苔の種付網を1か所に20枚とか30枚を重ねて一斉に張付する風景である。満潮から引潮になり早朝4時半のまだ暗いうちヘッドライトを付けて潮水が腰の深さになった時を見計らって作業を開始するのであるが、著者は50数年ぶりに自らダバ（胴付水中長靴）を履き、手伝いして完了した後、小高い山の上から撮影したその日の午後の風景である。

著者がずっと昔、高校生の時にこの海苔の仕事が家業であったのであるが、当時は孟宗竹を大人の指程の大きさに割った枝状のものを網の代わりにしてこれに種付けをして海苔を育てていたのである。海苔の収穫時は金属製のカゴ付きのハサミでぶら下がって伸びた海苔をチョキチョキとそのハサミで切って収穫したものである。雪の降る日の収穫はまだゴム手袋が無く軍手での作業だったので手が悴《かじか》んできつかった思い出がある。今の収穫方法は漁網に海苔の種付けをして植え付けその網に育った海苔を下から張った針金を回転させて収穫である、作業が進化した感じであるが、作業の手伝いをしたものの今後地球の温暖化がさらに進んで海水温が高くなれば海苔の成長にどんな影響があるのかという話題は尽きないのだ。

美囲家　恭